LA DAME BLANCHE

LA DAME BLANCHE

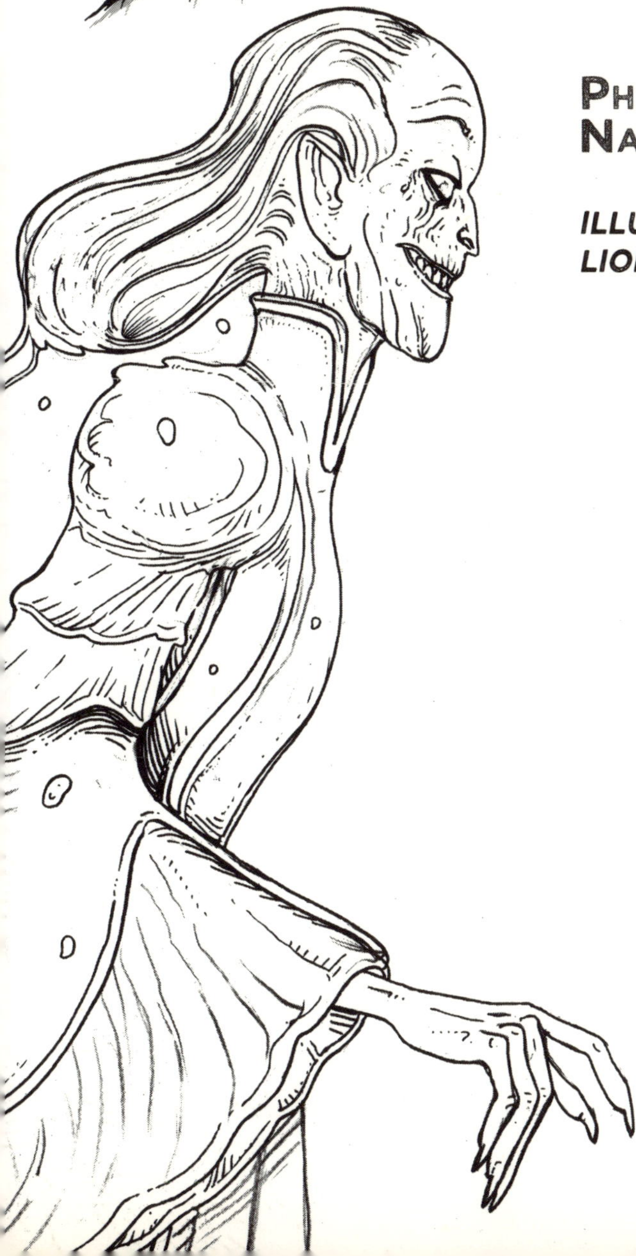

PHILIPPE NAPOLETANO

ILLUSTRATIONS DE LIONEL RICHERAND

PÉPIX NOIR

ACTION, MYSTÈRE, FRISSON

– I –

Max motive l'équipe

– Bon, les gars ! Aujourd'hui, c'est pas un match comme les autres… et vous le savez. Aujourd'hui, on affronte l'équipe des filles. Vous les connaissez, elles ne sont pas tendres…

Ça, c'est Stan, l'entraîneur des garçons. Il fait les cent pas dans le vestiaire. Sourcils froncés et poings dans le dos, il n'a pas l'air d'avoir envie de rigoler. Lui, de toute façon, pour le rendre content, joyeux… enthousiaste, quoi, il faudrait que ses gars explosent l'équipe de France en finale du Mondial ! Il a un peu tendance à oublier qu'ils sont encore en catégorie 13-15…

À la rigueur, après un match gagné, il lui arrive parfois d'esquisser ce qu'on pourrait appeler *un sourire* (et encore, si on est vraiment observateur) ; mais avant, rien à faire, il est toujours dans cet état.

Stan, il a 25 ans, il mesure près de deux mètres de haut et l'adjectif qui lui va le moins bien, c'est « gringalet ». Et même s'il est très sympa en dehors des entraînements, ce n'est pas le genre de bonhomme qu'on a envie de taquiner.

– … alors, je vais vous demander un truc : pour une fois, il faudra juste penser que vous êtes sur un *terrain*, et que c'est une *compète* ! Il faudra seulement vous souvenir que vous avez deux mains, deux jambes, un cerveau, et que vous faites du handball, pas de la pétanque ou du croquet… Et peut-être aussi vous mettre enfin dans le crâne que l'objectif, c'est : GAAAGNER !!! Vu ? Bien. Cette équipe, c'est du costaud, alors vous avez intérêt à ne pas vous endormir !

À l'évocation de l'adversaire féminin, des regards s'échangent, des murmures s'élèvent. Un nom émerge du brouhaha, trois syllabes répétées parmi d'autres : *o-li-via, o-li-via, o-li-via.*

Olivia est la gardienne de but. Une terreur. Avec ses jambes et ses bras à rallonge, elle semble capable de tout arrêter… et en fait, elle arrête *presque* tout ! Olivia, c'est le top des goals : on l'admire, on la respecte, on la craint. Quelquefois, on jurerait même qu'elle attrape les ballons avec sa longue queue-de-cheval châtain!... En plus, elle est super jolie. Il paraît qu'elle a une histoire avec Max – mais ce ne sont que des on-dit.

Tiens, le voilà, Max. Il vient de se lever. Max: le demi-centre. C'est lui qui engage et lance les actions. Sur un terrain de hand, il est comme à la maison. À l'aise, détendu, il pourrait en parcourir chaque coin les yeux fermés. Autant dire que c'est lui le meneur de l'équipe, et que personne n'a même jamais eu l'idée de lui prendre sa place!

Sans un mot, il avance jusqu'au milieu de la pièce, à côté du coach. Déterminé.

Tous les autres joueurs lui font face, assis sur les bancs, hyper concentrés. Ils fixent le sol, ils laissent leurs yeux flotter dans le vide, ils écoutent de la musique ou ils se massent les mollets: chacun sa technique.

Max prend la parole.

– Les mecs, c'est la suite qu'il faut garder à l'esprit. Dans trois semaines, après les vacances de la Toussaint, il y a le tournoi d'équipes mixtes. La nôtre sera composée des meilleurs garçons et des meilleures filles de ce match-là. *Voilà* pourquoi il compte tant ! Mais n'oubliez pas, du coup : celles qui sont nos adversaires aujourd'hui seront nos partenaires demain. Stan a raison, il faut gagner, être agressif, bien sûr ; mais aujourd'hui, on devra respecter l'équipe d'en face encore plus que d'habitude.

Alors que Max passe ses doigts dans la mèche brune qui lui tombe sur le front, un crissement de semelles se fait entendre au fond du vestiaire. C'est Théo qui a lâché sa BD pour bondir sur ses jambes :

– Attends, tu veux dire quoi, là ? Qu'on n'est pas fair-play !? Qu'on ne respecte pas les autres !?…

Ça gigote sur les bancs. Chacun se lève, s'agite, y va de son intervention :

– T'énerve pas, Théo, c'est pas ce qu'il voulait dire…

– Mais non, on est cool et Max le sait très bien !

– Tout le monde est tendu, on se calme.

Dans un coin, une silhouette reste immobile. Petite et toute maigrichonne. C'est Angus, le timide de la bande. Et encore, timide, c'est peu dire… Il est bien plus que timide.

Angus est assis sur le sol, recroquevillé, le visage entre les genoux, à l'écart de l'agitation. Et s'il ne tremblait pas autant, on pourrait se dire qu'il est seulement en train de se concentrer… Mais allez savoir, c'est peut-être justement sa technique à lui ? Un peu bizarre, mais bon.

Gabriel, le gardien, se lève à son tour. De sa haute stature, il étend les bras en signe d'apaisement.

– Écoutez, vous tous : on sait qu'on est bons, et on sait qu'on est cool. Max voulait juste attirer notre attention sur le fait que ce match-là est spécial. Nous n'en avons jamais joué de pareils ; psychologiquement, c'est un truc compliqué. En plus, les filles, on les connaît bien. Il faut qu'on conserve notre sang-froid, c'est comme ça qu'on pourra vaincre.

Stan acquiesce, puis fait un geste qui impose le silence.

– Allez, on se détend. Vous êtes fair-play, vous avez un super esprit d'équipe et, quand vous voulez, je dois même admettre qu'il vous arrive de jouer très bien… Enfin, je veux dire… pas mal… Bref, assez parlé : on y va !!!

Ils forment un cercle, se serrent en se tenant par les épaules et, tous ensemble :

– **TEAM WIN ! TEAM WIN ! TEAM WIN !!!**

– II –

Olivia, goal en première ligne

Dans le vestiaire des filles, l'ambiance est très différente. Les joueuses sont assises, immobiles sur leurs bancs, silencieuses, recueillies. Très *zen*.

La coach, Amina, passe voir chacune d'elles. Un même rituel : elle s'accroupit devant la fille et lui parle à voix basse, front contre front. Des mots intenses, des mots encourageants.

Ensuite, elle se relève et s'accroupit devant la suivante.

Quand elle a achevé le tour, elle gagne le centre de la pièce. Tous les regards se tournent vers elle. Amina, avec ses petites tresses de chaque côté de la tête et sa bouille de grande gamine, elle a l'air plutôt rigolote et toute douce. Mais ne vous fiez pas aux apparences : comme coach, elle est redoutable !

Elle commence son speech. Voix calme, pas un mot plus haut que l'autre ; cependant on sent bien qu'elle est pleine de volonté et d'énergie.

– Les filles. Aujourd'hui, on a tout à gagner. Les garçons que vous allez affronter dans quelques minutes, c'est une sacrée équipe – c'est pas à vous que je vais l'apprendre. Ils sont puissants, ils sont rapides, ils sont efficaces. Mais souvenez-vous d'un truc : ils ont un défaut, c'est qu'ils se *déconcentrent* facilement. Alors soyez vous-mêmes, faites-vous plaisir et ne vous laissez jamais distraire par l'enjeu. Je vous rappelle que cette rencontre se déroule en trois tiers-temps ; restez solidaires comme vous savez le faire. J'ai confiance en vous, je sais que vous avez toutes les qualités pour les battre. Olivia, tu veux ajouter quelque chose ?

Olivia se lève – c'est vrai qu'elle est grande, même ses coéquipières n'arrivent pas à s'habituer ! Elle marche à pas lents, pas un bruit, juste les semelles de ses baskets.

Une fois à côté d'Amina, elle s'arrête. Elle tripote distraitement sa longue queue-de-cheval. Peut-être qu'elle est un peu stressée ; ou peut-être qu'elle est déjà dans le match, ou tout simplement qu'elle réfléchit à ce qu'elle va dire. Son silence semble durer des siècles.

– On est d'accord, ce truc qu'on nous impose est bizarre : on doit faire ce match toutes ensemble, sauf qu'à la fin, la moitié de l'équipe sera éliminée et l'autre moitié composera une équipe mixte avec la moitié de l'équipe adverse sélectionnée. Mais il ne faut pas se laisser avoir ! Nous ne sommes pas en compétition les unes contre les autres ; *non*. Notre seul objectif, aujourd'hui, c'est de battre les garçons. Et pour ça, nous devons rester unies. C'est comme ça que nous sommes fortes !

D'un même élan, Lauryn et Fatou se lèvent et se mettent à applaudir en chœur. Ces deux-là sont aussi copines qu'elles sont différentes. Lauryn a les cheveux raides, blonds presque roux, et des taches de rousseur partout sur le visage ; quant à Fatou, avec sa coupe afro, son petit nez en trompette et son teint cacao, elle ne passe pas inaperçue non plus ! Mais toutes les deux sont aussi vives l'une que l'autre ; et sur le terrain, ce sont de vraies piles électriques ! La première est ailier droit, la seconde ailier gauche. Et leurs pointes de vitesse sont réputées dans toute la région. Elles s'exclament :

– Bien dit, Olivia !

Toutes les deux en même temps… de vraies jumelles. Et elles se mettent à sauter sur place.

Elles sont bien vite rejointes par Romy, petite brunette frisée à lunettes rondes. Tout en sautant comme une puce, Romy s'approche et serre ses deux copines dans ses bras, toute contente de ce câlin avant le combat.

Amina reprend la parole :

– Les filles, les filles, on se calme. Économisez vos forces pour le terrain. Comme l'a dit Olivia, on ne doit penser qu'à une chose : le match. La suite arrivera bien assez tôt. Maintenant, on se prépare pour le cri de guerre et on y va.

Le silence revient, les équipières se rassemblent, les bras autour des épaules, les corps serrés et les têtes baissées. Et par un hasard étrange, leur cri retentit presque en même temps que celui des garçons dans le vestiaire d'à côté :

– On n'a qu'un but : **C'EST – LE – BUT !!!**

Les regards se croisent, les sourires s'effacent, les visages se font graves. Bientôt, on sortira du vestiaire ; dans quelques instants ça sera le coup d'envoi…

Que les meilleurs gagnent !

– III –

Des handballeurs pas comme les autres

En plus d'être aussi combatives l'une que l'autre, ces deux équipes ont en commun d'être un peu... particulières : elles font partie d'un collège d'orphelins et d'enfants abandonnés.

Tous ces jeunes-là ont grandi sans parents. Certains ont été trouvés bébés, âgés de seulement quelques heures, au fond d'une impasse, devant une mairie, une église ou un hôpital. D'autres ont perdu leurs parents dans un accident. D'autres enfin ont été livrés à eux-mêmes par leurs géniteurs, qui ont disparu sans laisser de traces.

Entre eux, des liens très forts se sont tissés, comme ça n'existe nulle part ailleurs. Ils vivent ensemble, étudient ensemble, mangent ensemble, s'entraînent ensemble, dorment ensemble, depuis toujours. Mais surtout, ils ont cette particularité qui les unit tous et fait d'eux des êtres un peu *différents* : ils grandissent et existent sans parents. Sans leur aide, leur bienveillance, sans leur amour. Un immense vide au quotidien. Mais avec le temps, ils ont appris à dominer ce vide, à faire avec. Ils ont compris que des parents, ils n'en auraient jamais ; alors ils se soutiennent, ils sont solidaires, ils s'estiment et ils s'aiment. Avec leurs différences.

Cet esprit d'équipe surpuissant, on le ressent vraiment quand on les rencontre. Comme une évidence. Et encore plus quand ils sont en action dans l'univers où ils se sentent le plus à l'aise : le handball. Filles ou garçons, sur le terrain, ils sont bien et ils n'ont peur de rien. Ils sont le groupe le plus soudé du monde et ils y vont pour gagner.

La niaque, ils l'ont plus que tous les autres.

Cependant…

… alors que préparatifs et rituels divers se déroulent dans les vestiaires des deux équipes, on entend de drôles de bruits résonner entre les murs du couloir. Des « *tap-tap* », des « *clac-clac* ». Des cliquetis et des gratouillis.

Personne n'y fait attention, ni les filles ni les garçons : trop concentrés sur le match. Pourtant, écoutez bien… D'autres bruits bizarres, comme des raclements, des glissements et des chuintements… Des chuchotements et des gloussements, peut-être, aussi.

Des ombres se dessinent sur le sol. Elles avancent lentement, péniblement, s'allongent et rétrécissent sous l'éclairage au néon. Et puis, devant la porte close des vestiaires, l'une de ces ombres se détache et s'approche, comme si elle venait se coller, comme si elle essayait d'écouter.

Par-dessus tout cela, une odeur envahit l'espace. Une drôle d'odeur, douceâtre et un peu écœurante, qui fait penser à un marécage, ou à un tas de feuilles en décomposition. Une odeur qui s'installe dans le couloir comme un vent mauvais.

Les bruits et les odeurs s'affirment, puis s'éloignent sans que personne n'y prête attention. Le match débutera dans quelques minutes ; et de ce match émergera une équipe mixte qui sera une équipe d'élite !

Maintenant, il faut y aller. Courage, les kids !

– IV –

La magie Angus

Dans les gradins, le public se masse. On prend place tranquillement avec des canettes de soda, des boîtes en carton pleines de pop-corn ou des paquets de Chamallows. Amateurs de hand, camarades de collège ou simples habitants du quartier, ils sont tous là. On parle, on rit, on s'amuse…

Puis on se tait. Le silence avant l'explosion.

Les équipes arrivent sous les applaudissements et les clameurs. Quand le public se lève d'un bloc, les joueurs se tournent vers les gradins et applaudissent à leur tour. Ensuite, ils se rangent en file indienne et se saluent en se tapant dans la main – sans oublier les arbitres et les coachs. Puis chacun prend sa place sur le terrain.

Mais au dernier moment, *juste avant le début du match*, un courant d'air froid se fait sentir d'un bout à l'autre de la salle. Presque imperceptible, mais glacial…

Un groupe de vieillards surgit d'on ne sait où – ils doivent être une quinzaine. Certains se déplacent avec des déambulateurs, d'autres marchent à l'aide de cannes ou de béquilles. Tous ont les yeux fixés sur les jeunes handballeurs ; et avec une lenteur presque insupportable, ils se répartissent dans les gradins tout en sortant des carnets de notes. Sans jamais quitter le terrain du regard.

Coup de sifflet !

Les filles engagent, avec Zoé qui, après une fausse hésitation, passe à sa voisine de gauche. Celle-ci fait quelques pas et envoie directement la balle à Fatou, démarquée. Avant que quiconque n'ait eu le temps de bouger, la jeune ailier part comme une bombe vers les cages ! Elle a planté les mecs sur place, elle parcourt le terrain en dribblant à la vitesse de l'éclair ! Une extension magnifique, elle bondit devant Gabriel, le gardien…

8 - 1

BUT !!! En pleine lucarne !

Une moitié du public exulte ; l'autre partie se prend la tête entre les mains en soupirant.

Les garçons se regardent, un peu sonnés. Angus, lui, se mord les lèvres, rageant de s'être fait avoir par Fatou. Son visage a pâli d'un coup : plus blanc qu'une feuille de papier.

Percevant leur détresse, Max, le poing fermé et l'œil noir, rassemble ses équipiers.

C'est à leur tour d'engager. Max lance la balle à son voisin, légèrement derrière lui. Ils ont décidé de rester groupés et d'avancer lentement, par petites passes, car ils sont marqués de près par les filles qui ne lâchent rien.

On se retrouve bientôt autour de la zone, la défense s'organise. La balle accélère entre les mains des garçons, elle file vers les ailes puis revient à Max, qui redistribue à droite ou à gauche. Et tout à coup, Théo jaillit tel un démon, ballon en main, et se jette en direction des cages d'Olivia. C'est un véritable boulet de canon, quasiment irréel !…

… mais l'arrêt qui suit l'est tout autant : Olivia a surgi sur la trajectoire de la balle, son bras et sa jambe se sont étendus en un clin d'œil pour former un rempart devant la ligne fatidique. Serait-elle infaillible ?

Le début du premier tiers-temps est une catastrophe pour les garçons. Ils paraissent absents, incapables de contenir la tornade des filles. Entre deux assauts, ils se tordent les doigts, se regardent sans comprendre. Puis ils réussissent à se ressaisir, et à mettre les attaques des filles en échec – mais pour marquer des buts, c'est une autre histoire... Olivia semble invincible !

On s'arrête à 8 – 1.

Début du deuxième tiers-temps ; cette fois les garçons sont enragés, la mécanique fonctionne à plein volume ! Ils foncent, se battent... et ils commencent à marquer, même si, pour cela, ils en viennent à commettre des fautes.

À l'aile droite, tout au fond, Angus respire de plus en plus fort. Son corps paraît saturé d'énergie, mais on dirait qu'il ne parvient pas à l'expulser. On dirait qu'il suffoque. Une balle lui arrive, lancée par Gabriel. Et c'est là que la magie Angus se produit : comme électrisé, il feinte les deux filles devant lui et remonte le terrain seul, à une vitesse supersonique ! Il atteint la zone, trois pas, et s'élève au-dessus du sol...

L'espace d'une seconde, on pourrait croire qu'il est suspendu dans le vide, comme s'il cherchait le meilleur endroit pour placer son tir…

Foudroyant. Olivia ne peut que regarder la balle s'enfoncer dans les filets.

Pendant tout le reste de la période, le festival Angus se poursuit. Deux, trois, quatre, cinq buts, tous plus acrobatiques les uns que les autres. Angus est dans la stratosphère ! Galvanisés par ces succès, Max et ses coéquipiers s'y mettent à leur tour. Olivia a beau arrêter presque tous leurs tirs, il y en a tellement ! C'est un véritable bombardement !

Le deuxième tiers-temps se termine sur un score de 14 à 12, en faveur des garçons. Le public est en folie.

Dernier tiers-temps. On s'observe, les visages sont fermés. On commence tout en douceur. Et puis les garçons accélèrent, c'est la furie ! Ça passe, ça court, ça flingue dans tous les sens ! Les filles se sentent débordées, le score se creuse.

Mais soudain, en seulement quelques instants, quelque chose de bizarre se produit, comme si la mécanique s'était déréglée. Les garçons ratent leurs passes, perdent leurs dribbles, multiplient les maladresses.

Les filles se remémorent alors les paroles d'Amina : « *Ils se déconcentrent facilement* ». Elles en profitent et reprennent la main avec brio. Les assauts défilent et les points s'additionnent.

Les équipes sont au centre du terrain. Max doit une nouvelle fois engager. 24 – 23 : les filles mènent, d'un seul point. Max regarde Olivia, là-bas. Elle s'est un peu éloignée de sa cage, au beau milieu de sa zone. Elle a l'air détendue… peut-être un peu trop ?

Il jette un coup d'œil au chrono : il reste 7 secondes. Pas le temps de construire une action. Il regarde sur le côté – Angus est là, qui l'observe. Qui a compris. Affûté commune une lame de rasoir.

Max lui adresse un clin d'œil et lui fait une petite passe en retrait. C'est leur dernière chance : du tac au tac, Angus rend la balle à Max, qui l'envoie de toutes ses forces vers les cages d'Olivia.

La balle tournoie dans les airs, on dirait qu'elle vole au ralenti. Elle trace une courbe gracieuse, se dirige vers la terre promise et… **BUUUUUT !!!**

Olivia a été lobée. Preuve que les filles aussi peuvent se déconcentrer… même les meilleures.

Les mâchoires serrées, la gardienne fixe Max, furieuse. Il lui envoie un petit sourire et écarte les bras, d'un air de dire « désolé ».

24 – 24. Le match est terminé.

Dans les gradins, les vieillards ont disparu. L'espace de quelques instants, l'air redevient glacial. Et l'espace de quelques instants, on sent distinctement une odeur de… charogne.

– V –

Le mystère Angus

Une vraie fin d'après-midi d'automne ! Entouré de feuilles mortes tourbillonnantes, le minibus est garé au milieu du parking devant le collège, sous un ciel gris sale. Du gris, du gris et encore du gris. Et comme bande-son, le sifflement du vent…

Le chauffeur fait les cent pas en se grattant la tête. C'est son habitude : depuis qu'il a arrêté de fumer, il s'occupe les mains en se grattant la tête. Il attend les jeunes handballeurs. Les coachs, Amina et Stan, arrivent à pied, portant de lourds sacs et vêtus de survêtements impeccables.

On discute mollement. On attend. Le match, c'est demain, mais il y a quand même de la tension dans l'air.

Et puis les kids sortent par le portail principal. Certains par deux, discutant joyeusement ; d'autres seuls, des écouteurs dans les oreilles. Le parking s'anime. Cris de joies et rires, fierté d'aller au combat. S'ils en ont la volonté, et s'ils restent soudés comme ils savent l'être, demain sera un jour de gloire !

L'équipe mixte est au complet : garçons et filles, les meilleurs ont été choisis. Théo montre à Gabriel un Marvel qu'il vient juste de s'offrir. Ils échangent quelques mots en faisant des gestes vifs, puis éclatent de rire. Lauryn et Fatou se font un check qu'elles seules connaissent, qui dure au moins vingt secondes et qui s'achève par un **YAOUUUH !!!** d'enfer.

Max va à la rencontre de Gabriel. Il le prend par le bras, Théo retourne à sa lecture.

– Alors, ta cheville ?...

– Ça va mieux. Je porte toujours un strap, mais j'ai bien récupéré. Le médecin m'a dit que c'était jouable, et le coach est OK...

Il baisse le nez.

– Et puis de toute façon, je ne suis que le remplaçant de... Madeuuumoiseeelle Olivia, la reine des cages.

– Oui, bon… À propos, tu l'as vue ?

Max a parlé d'une voix toute faible, presque un murmure. Ça ne lui ressemble pas. Gabriel sourit.

– Hé, je suis ton pote, d'accord, mais c'est pas à moi de te faire des comptes rendus sur ses faits et gestes !

Espiègle, il adresse un clin d'œil à son ami.

– T'inquiète, je l'ai vue, dans un coin de la cour Nord. Elle refaisait sa queue-de-cheval, elle devrait arriver…

Tandis que les autres équipiers posent leur sac en échangeant des blagues, Max traîne sur le parking. Il shoote dans un caillou, s'éloigne du minibus, la mine boudeuse. Puis il revient sur ses pas. Pensif, le regard vers le sol, il contourne le véhicule…

Et **BING !!**

Vacillant, sonné, il relève la tête. Olivia se frotte le front ; elle a la queue-de-cheval de travers et ses yeux roulent comme des billes.

– Ben dis donc, drôle de manière de se dire bonjour !

Max répond un peu bêtement :

– Je ne pensais pas te croiser là…

Il reprend ses esprits :

– … enfin, là, ici, comme ça, je veux dire !

– J'avais compris. Tu sais que je t'en veux encore pour ce but stupide ?!

Max ne peut pas s'empêcher de sourire.

– C'est le jeu, non ? Moi, en tout cas, je ne m'en veux pas.

Au tour d'Olivia de sourire.

– Allez, sans rancune ?

– Sans rancune.

Ils se serrent la main. Un peu trop longtemps, peut-être. Les joues de Max se teintent de rose, il détourne le regard…

Les jeunes trépignent de plus en plus autour du bus, dans l'effervescence. À cet instant, une petite silhouette se dessine tout au fond du parking. Elle approche lentement, on distingue un garçon malingre et pâle : Angus. Sans se faire remarquer, il s'intègre au groupe. Il s'adosse contre le minibus, juste assez à l'écart. Et il attend.

Seule Romy l'a aperçu. La petite frisée remonte ses lunettes rondes sur son nez et l'observe. Angus, pour elle, c'est un mystère. Il semble toujours dans ses pensées, et même un peu triste… Pourtant, quand il est dans un match, quelle bombe à retardement ! Invisible la plupart du temps, sauf que quand on fait attention à lui, on perçoit le « tic-tac » qui se fait dans sa poitrine. Et puis ça explose. D'un coup on ne voit plus que lui, il n'y a que lui ; et il est capable de faire gagner son équipe à lui tout seul ! Fabuleux, toujours. Mais dans la vie privée, Romy ne le comprend pas. Timide, réservé, presque un peu… *autiste.* Comment dire… absent ? « Fan-to-ma-tique ».

Le mot effraie Romy ; elle le chasse de son esprit en secouant la main devant son front, fait quelques pas vers le garçon :

– T'as pas l'air très en forme, Angus. Ça va ?

– Ç-ça v-va, ça v-va… t-t-t'inquiète (*quand il est gêné, il se met souvent à bégayer*). J-j-j'aime pas t-t-trop les voyages, en f-f-fait…

– Ah bon ? Et pourquoi ?

– Hé bien, j-je…

– Allez les sportifs, c'est le grand départ !

L'équipe s'anime. On jette les derniers sacs dans la soute et on embarque en chahutant et en rigolant.

– VI –

Rencontre avec la Dame Blanche

Le minibus s'enfonce dans une nuit sombre et épaisse. De la brume s'élève des champs, tout autour, et vient peu à peu envahir la route. Après les cris, les rires et les chansons, le calme s'est installé.

Depuis combien de temps roule-t-on ? Seul le chauffeur le sait. À part lui, presque tout le monde dort – même Anima et Stan, installés à l'avant. Il n'y a qu'Olivia et Max, côte à côte et pelotonnés sur leur siège, qui luttent contre la torpeur en discutant à voix basse…

On entre dans une zone forestière. Ambiance lugubre. Dehors, c'est le noir absolu. Aucune autre voiture, aucune trace de vie. Le minibus poursuit vaillamment son chemin, noyé dans le brouillard.

Soudain, coup de frein ! Le véhicule pile, réveillant quelques-uns des passagers – d'autres sursautent dans leur sommeil. Amina et Stan ont bondi sur leurs jambes, sur le qui-vive. Le chauffeur se gratte la tête.

– J'ai pas rêvé, j'ai bien vu une silhouette…, se dit-il à lui-même.

Il regarde devant lui, puis en direction des portes d'accès.

Amina et Stan reculent d'un pas : un filet de fumée se glisse par l'interstice des deux portes, juste en face d'eux ! Ça souffle le chaud, puis le froid, tandis qu'une drôle d'odeur s'insinue… comme de l'encens, mais en plus acide. La fumée s'accumule à toute vitesse. Parmi les ados, quelques paires d'yeux embués assistent à la scène.

Olivia et Max se rapprochent encore l'un de l'autre. Ils n'ont pas vraiment peur ; ils sont immobilisés par la surprise. Olivia glisse quelques mots dans l'oreille de son ami, la main en cornet, les sourcils levés, sans cesser de fixer l'étrange phénomène.

La fumée blanche s'amasse et tourbillonne en une colonne plus grande que Stan. Elle devient totalement opaque et… se matérialise. *S'incarne*. Des bras apparaissent, se détachent de la substance informe. Une longue chevelure semble voler autour d'une tête maigre. Un corps qu'on découvre, tout aussi maigre et enveloppé d'une robe blanche en lambeaux.

Et puis la silhouette se met à léviter.

– La Dame Blanche ! murmure le chauffeur terrorisé.

Avant même que les deux entraîneurs n'aient le temps d'esquisser un geste, la main de la Dame vient frôler leur front. Ils s'évanouissent brutalement, inertes. En un éclair, elle atteint le chauffeur et le touche de son pouce. Même sort : il s'écroule sur son volant.

Flottant à quelques centimètres au-dessus du sol, la Dame Blanche évolue alors dans un glissement fluide. La silhouette est floue et les traits du visage changent sans arrêt, comme si elle était plusieurs personnes en même temps. Par moments, on dirait une fillette ; l'instant d'après, elle ressemble à une hideuse petite vieille. Lentement, très lentement, trop lentement, elle se tourne vers le fond du minibus. Un air froid parcourt l'intérieur pendant qu'elle marche – ou plutôt qu'elle flotte – dans la travée. Lentement, très lentement… trop lentement.

Siège après siège, la Dame s'approche de chaque ado ; elle effleure la joue de l'un, se penche sur un autre comme pour lui déposer un baiser sur la poitrine… On croirait lire dans ses gestes une forme de *tendresse*. Elle touche, elle frôle ; et aussitôt la peau pâlit, et le corps se relâche et s'affaisse, inconscient.

Elle suit son macabre parcours. La voilà devant Olivia et Max. Face à eux. Un rictus affreux se dessine sur son faciès – est-ce de les trouver serrés l'un contre l'autre, qui l'amuse ? Les deux voudraient se lever, fuir ou frapper cette silhouette de fumée au sourire d'ombre ; mais impossible, ils sont paralysés. Ils invoquent toute leur volonté pour réagir, en vain. Leurs membres sont tétanisés et ils ne parviennent même pas à lever une main devant eux.

La tête blanche et vaporeuse s'approche, grimace, devient gigantesque…

… et c'est le trou noir.

Dehors, le brouillard est plus blanc que jamais, la nuit plus épaisse que de l'encre, la lune plus absente qu'un mort enterré depuis des siècles. Sur un arbre, une chouette hulule.

– VII –

Où sont-ils ?

Il fait froid. Il fait trop froid. Il fait froid et l'air est humide. Comme envahi de minuscules gouttes d'eau.

Les corps somnolent encore, puis se réveillent les uns après les autres. C'est lent, long, pénible. Les articulations des jeunes sportifs se déplient avec difficulté. Puis les consciences reviennent à elles. Où sont-ils ?

Ils se frottent les yeux, s'observent les uns les autres. On est où, là ?! Max et Olivia se redressent presque en même temps. Autour d'eux, des murs seulement percés d'étroites fenêtres très haut placées. La pièce est immense, constituée du sol au plafond d'imposants blocs de pierre, et glaciale. Seuls deux ou trois tapis orientaux semblent avoir été posés là pour réchauffer vaguement l'atmosphère. Quelques chaises rembourrées agrémentent le décor.

Pas besoin de se le dire : ils ont compris, ils sont prisonniers. Mais *qui* les a amenés ici ? Et c'était quoi, cette Dame Blanche en fumée ? Apparemment, elle ne s'intéresse qu'aux jeunes : Amina, Stan et le chauffeur ont disparu. Ils sont livrés à eux-mêmes. Et ils ont beau être dégourdis, débrouillards, en avoir vu d'autres, il faut bien avouer qu'ils ont la trouille.

Un même réflexe : ils saisissent leur téléphone. Pas de réseau ! Ils aperçoivent que leurs bagages ont été entassés dans un coin, avec le sac de ballons. Une dizaine de ballons qu'Olivia et Max s'empressent d'aller voir, comme de petites choses à dorloter.

Ils s'immobilisent devant le sac et ils se disent qu'à partir de maintenant, ce n'est plus au match qu'il faut penser, mais à sortir de là… coûte que coûte.

Dans un coin, Angus est assis, les bras enserrant ses genoux et le buste se balançant d'avant en arrière.

Inquiets, Olivia et Max regardent autour d'eux. La voix de Max est presque trop grave lorsqu'il chuchote :

– Olivia, il n'y a pas toute l'équipe.

– Quoi ?

– La pièce est grande, mais elle est carrée. Je ne vois pas de recoins où certains auraient pu se cacher. En plus de nous deux, je compte Théo, Angus, Lauryn et Fatou, Gabriel, et Romy. On n'est que huit… Où sont passés les autres ?

– Putain, Max, ça craint !

Silence.

Exactement au centre de cet immense espace, sur un petit piédestal carré constitué de deux degrés, se dresse une fontaine en granit sculpté, faite d'une vasque scellée sur un pied d'un mètre environ. En se penchant par-dessus, Gabriel aperçoit la surface d'une eau stagnante. Encore hagard, il fixe le bassin … et constate que l'eau frémit très légèrement. Qu'est-ce qui la fait trembler comme ça ?!

Les deux battants de la porte s'ouvrent à cet instant, dans un long bruissement ignoble. Tout le mode se lève.

Une vieille femme apparaît : longue, fine, cheveux argentés, tout habillée de blanc. L'élégance, quoi. Ceux qui ont vu la

Dame Banche dans le minibus se disent qu'elle lui ressemble. La seule différence, c'est qu'elle, elle tient quatre énormes molosses en laisse – des mâchoires comme des étaux et des crocs comme des lames de couteau.

Elle avance à pas lents, puis elle s'arrête. Les chiens s'assoient sagement à ses côtés. Mais ils ne restent pas immobiles longtemps : dès qu'un jeune bouge le petit doigt, ils le fixent en retroussant les babines et secouent la tête, sans émettre le moindre grognement. On entend juste claquer les babines baveuses.

La Dame toise tout le monde avant de prendre la parole :

– Aujourd'hui, j'ai fait une grande chose : je viens de sauver une partie de l'humanité. Une toute petite partie, soit ; ni les plus beaux ni les plus jeunes, d'accord ; mais enfin, j'ai sauvé quelques humains.

Elle se tait. Elle regarde les jeunes, qui lui offrent des yeux hébétés. Elle lève la main et ses doigts claquent sèchement dans le silence.

Alors, dans un brouhaha de cliquetis, de raclements, de souffles et de râles, un groupe de vieillards franchit l'étroite et haute porte avec toutes les peines du monde. Boitant, glissant, traînant, s'aidant pour certains de cannes ou de déambulateurs.

Ils sont une quinzaine, plus déglingués les uns que les autres.

L'un après l'autre, ils viennent se ranger derrière la Dame. Ça respire fort, ça suinte, ça se gratte. Les yeux sont livides, les peaux parcheminées, pâles ou veinées de rouge ; les membres sont décharnés ou gonflés. À vrai dire, les jeunes ne savent pas s'ils doivent éclater de rire ou mourir de peur !

Le silence revient.

– Jeunes gens, je vous présente l'infime partie de l'humanité que je viens de sauver. Ou plutôt, que je *vais* sauver. Grâce à vous. Grâce à votre énergie et à votre vitalité, ces vieilles personnes vont retrouver leur jeunesse. Voilà pour la bonne nouvelle. La mauvaise, c'est qu'il faudra en passer par le sacrifice de l'un d'entre vous : le plus valeureux. Et c'est aussi l'un d'entre vous, précisément, qui effectuera ce sacrifice... mais j'anticipe. Vous l'aurez constaté, votre équipe n'est plus au complet. Les autres, je les ai déjà éliminés de notre petit jeu. Disons que j'ai déjà accompli une sorte de... présélection !

Tandis qu'elle part d'un rire atroce, la stupeur se lit sur les visages, tous blêmes. Elle reprend :

– Ce fut douloureux, je vous le concède, mais je n'ai conservé que la partie la plus « intéressante » de votre équipe. À partir de maintenant, vous êtes en mon pouvoir.

Ses derniers mots résonnent longtemps entre les murs.

– Tous ces débris que vous voyez devant vous sont comme vous. Abandonnés. Orphelins de l'humanité. Je les ai trouvés dans le caniveau ou entre deux poubelles. Ce n'étaient pas des enfants, comme ce fut le cas pour vous, mais des adultes. Des adultes trop mûrs ou des vieux cabossés par une existence indigne. Une bouteille à la main, des poux plein la tête, des pustules plein les aisselles. Ils sentaient la crasse et le vomi. Plus sales que la saleté et plus seuls que la solitude ! Je les ai pris avec moi. Je les ai lavés, je les ai nourris, je leur ai inculqué mon savoir. Celui que ma grand-mère m'a enseigné ici même, dans ce domaine : le Château de la Comtesse blanche.

Elle s'interrompt, et sur son visage glacé naît une étrange expression d'attendrissement.

– Voyez-vous, quand j'étais petite fille, ma famille a été décimée par des hordes d'ignares misérables. Pour nous soustraire à leur cruauté, ma grand-mère m'a entraînée dans sa bibliothèque secrète. Et pendant que nous nous terrions à l'abri de ces sauvages, elle m'a fait découvrir ses livres étranges et envoûtants. Le savoir véritable. J'ai tout lu – tout. Et, je vous le dis : dans ce monde, la bonté n'existe pas. C'est un mensonge, un écran de fumée, une valeur fausse. Voyez-vous, je fais partie des rares humains à détenir le savoir véritable. Et je vous le répète, la bonté n'existe pas. Seule compte la volonté de vivre. Et si l'on veut sauver quelques-uns, le sacrifice d'un ou plusieurs autres est indispensable. Ainsi donc, selon les livres secrets ancestraux, il y a parmi vous… un Élu et un Sacrifié. Le Sacrifié nous sera bientôt révélé par les épreuves auxquelles vous serez confrontés ; l'Élu, quant à lui, est d'une constitution *spéciale*. Il est apte à détenir le savoir, il recèle la flamme en lui, il possède la force suffisante pour soulever le glaive du destin. Le moment venu, l'Élu accomplira l'acte qu'il devra accomplir sur le Sacrifié : et la gorge du Sacrifié sera tranchée par le bras paisible, sûr et puissant de l'Élu ; et le sang du Sacrifié sera recueilli dans un calice de vermeil incrusté de rubis ; et ce sang sera absorbé par ceux qui devront s'en abreuver.

– VIII –

L'Élu

Les jeunes handballeurs sont encore pétrifiés par ce qu'ils viennent d'entendre. Des regards s'échangent : terreur et incrédulité.

Max prend son courage à deux mains. Il avance d'un pas hésitant ; aussitôt, les chiens montrent les crocs en secouant la gueule. Il s'efforce de maîtriser les tremblements de sa voix, de bien choisir ses mots :

– Madame. Nous venons de nous réveiller dans un endroit inconnu. Nous ne savons pas où nous sommes, quel jour nous sommes ni quelle heure il est. Nous avons faim, nous sommes morts de froid et… nous étions seulement partis pour jouer un tournoi de handball. Et là, vous arrivez avec votre bande et vous nous tenez des propos sortis d'un film d'horreur. Est-ce que vous pouvez nous expliquer ? D'abord, qu'avez-vous fait du reste de l'équipe ?

Elle répond sans daigner poser les yeux sur lui…

– Mon petit, malgré ton arrogance, je vais avoir la mansuétude de te répondre. *D'abord,* tu n'es pas en position de me questionner. Ce que je peux te dire, c'est que « le reste de l'équipe » était inutile, ce qui explique que je m'en sois débarrassée… d'une manière un peu *expéditive,* je le crains. Quant à vous, mes agneaux, vous allez séjourner ici…

Mais elle s'interrompt brutalement, comme si elle venait de se faire hypnotiser. Ses yeux s'ouvrent au point de devenir énormes, à croire qu'ils vont s'éjecter de leurs orbites. Toute raide, elle s'approche du groupe comme une somnambule et marche vers un point précis : Angus.

– Toi… Toi, tu es spécial ! Toi, tu n'es pas comme les autres.

Sa voix tonne et résonne dans la pièce. Les vieux acquiescent dans des borborygmes flasques et intrigués.

– Oui ! Tu es unique. Quel est ton nom ?

– Angus, M'dame.

– Non, tu es un autre. Tu es un esprit étrange… un esprit d'une essence unique. Tu es l'Élu de cette équipe, incontestablement, mais tu es infiniment mieux que ça : tu es l'Élu parmi les Élus !!!

Nouveaux bruits de vieillards approbateurs. La Dame se penche tout près du visage d'Angus et lui murmure :

– Et je te connais depuis toujours.

Elle pivote vers les vieux.

– Mes amis, mes disciples ! Ce petit être est hors du commun !

Elle désigne Angus et poursuit :

– En lui, je viens de détecter un être supérieur – moins supérieur que moi, cela va sans dire, mais d'une grande valeur tout de même. À l'intérieur de ce corps débile, sous cette peau diaphane, se cache une âme singulière. Une âme unique, qui brille au-delà de l'humanité. Un être **SUPRÈME !** L'ÉLU PARMI LES ÉLUS !!! JE FERAI DE LUI UN **DEMI-DIEU !!!**

Ces mots, elle les a hurlés, mains crispées au-dessus de la tête, comme en transe !

Les disciples acquiescent en tournant vers Angus leurs regards chassieux, mi-perplexes, mi-admiratifs. Alors, l'air épuisé, comme vidée de toute énergie, la Dame Blanche reprend :

– Emmenez-le dans la chambre pourpre.

Les vieux traînent la patte jusqu'à Angus qui les regarde faire, assis par terre, terrorisé. Il se laisse saisir, relever puis entraîner sans rien comprendre, sous l'œil humide des chiens qui grognent à côté de lui. Avant de franchir la porte, il tourne un visage grimaçant vers ses amis et dit dans un murmure :

– À bientôt… ou adieu ?

Il disparaît avec les vieux, et la Dame reste seule face à l'équipe. Les chiens secouent la tête en bavant.

Elle se remet à parler, cette fois-ci d'une voix douce :

– Cet être d'exception est le plus précieux d'entre nous. Le jour venu, il commettra l'acte et il délivrera son message à l'humanité. Et croyez-moi, le Sacrifié aura bien de la chance de périr par ce bras. Quant à vous, mes agneaux, personne ne sait – pas même moi – combien de temps vous resterez ici. Quelques heures, quelques semaines, des mois ?… Le temps qu'il faudra pour qu'émerge celui qui méritera de subir le sacrifice. La seule chose dont je suis certaine, c'est que vous aurez des épreuves à endurer, et qu'au moment où vous quitterez ces lieux, il y en aura un de moins sur cette planète. Le meilleur, comme je vous l'ai dit : le plus valeureux.

Lauryn et Fatou bondissent.

– Et comment vous saurez que c'est le meilleur… ou la meilleure ? lance Fatou. Comment vous en serez sûre ?

Lauryn poursuit :

– C'est vrai, quoi : vous n'avez pas de boule de cristal ou je sais pas quoi… Vous ne pouvez pas lire dans les âmes comme dans des livres !

La Dame répond d'un air mystérieux :

– Ah bon ? En es-tu bien certaine, petite effrontée ? Me connais-tu, pour affirmer cela, gamine insipide ? Nous ne nous sommes jamais vues auparavant, n'est-ce pas, amusante petite créature ?

Et ses yeux deviennent aussi jaunes et haineux que ceux de ses chiens.

– Maintenant, réfléchissez bien. Vous êtes une équipe, n'est-ce pas ? Vous ne *pouvez pas* tricher entre vous. Écoutez-moi bien : en essayant de me mystifier, vous sauveriez votre peau, soit ; mais vous condamneriez un de vos coéquipiers. Alors vous n'avez pas d'alternative : soyez vous-mêmes, battez-vous et attendez le verdict.

– IX –

Angus change de dimension

Angus grelotte. Il vient de se réveiller seul dans une pièce encore plus glaciale que la précédente – et dont les murs atteignent au moins cinq mètres de haut. Il ne comprend pas, il n'est pas sûr de se souvenir. Et quel mal de tête !

Il *pense* se rappeler avoir été emmené là par un groupe de vieux bizarroïdes... Des vieux à la fois féroces et révérencieux. Avec respect mais fermeté, on l'a poussé sur l'immense lit pourpre à baldaquin où il se trouve. Il s'est endormi comme une souche.

Autour de lui : de la pierre, des tentures et des tapis violets et d'un parme vieilli par le temps. Hormis la température, l'endroit est plutôt confortable. Presque agréable. Oui, s'il n'était pas mort de trouille, il pourrait presque s'y sentir bien. Il essaie de se détendre, s'allonge sur le dos, respire à fond en regardant le plafond… Ça marche un peu.

Au bout d'une vingtaine de minutes, deux vieillards chétifs et rabougris, habillés en treillis, font grincer la porte. Avec leurs airs d'antiques lézards, sapés comme des militaires, ils sont franchement ridicules, mais Angus reste sur ses gardes, il redoute le sale plan. Les deux bonshommes s'approchent, courbés et pleins de servilité geignarde ; ils portent des plateaux chargés de boissons, de coupes de fruits, de plats de viande froide et de saladiers remplis de bonbons. Angus n'arrive pas à détacher son regard du filet de bave qui s'échappe des lèvres du plus maigre : pourvu qu'il ne s'écoule pas dans le bol de *Smarties* !

Dans une série de contorsions et de craquements aussi horribles que comiques, les deux s'agenouillent devant lui tout en murmurant des incantations. Ils déposent les victuailles à ses pieds, puis ils s'éloignent à quatre pattes, en marche arrière.

– Mange petit homme car tu es grand, disent-ils de concert, le front contre le sol.

Enfin ils se retirent, après s'être relevés en grimaçant… et en craquant.

Une fois que les bonshommes ont quitté la chambre, Angus regarde ce qui l'attend : des côtelettes de porc, du jambon, des cuisses de poulet, du raisin, des pêches, des cerises, des tonnes de friandises, du Fanta, de l'Oasis, de l'Orangina… Il pense à ses amis et il se demande s'ils bénéficient du même traitement de faveur. Sans doute que non.

Il commence à manger et à boire. Et à cogiter. Pourquoi lui ? Que s'est-il passé ? En quoi mérite-t-il toutes ces singeries ? Il n'en sait rien, mais il mange parce qu'il a faim. De toute façon, si jamais les autres ont besoin de lui, il faudra qu'il soit en forme. Il mange en pensant aux autres.

Il est en train de croquer dans une belle grappe de raisin blanc quand la porte couine à nouveau. Trois vieilles dames toutes sèches apparaissent, vêtues de blanc. L'une d'elles brandit une énorme seringue. Elle sourit – et Angus se met instantanément à paniquer. Elles viennent vers lui en suçotant, en glougloutant, en bavotant. Angus laisse tomber la grappe au sol.

La première dit :

– Ne t'inquiète pas mon petit, nous allons te faire du bien.

La deuxième ajoute :

– Tu sais que tu es notre préféré. Tu es l'Élu.

La troisième poursuit :

– Voilà un petit sérum que nous avons concocté spécialement pour toi… avec amour…

Les deux premières l'encerclent, puis fondent sur lui. Elles lui tiennent fermement les bras ; il se débat, mais elles sont plus fortes qu'elles n'en ont l'air ! La troisième le pique dans le cou d'un geste rapide pour lui injecter le produit.

La suite est un tourbillon. Angus se sent bien, mais il ne sait plus où il en est. Il est très lucide, et en même temps il a envie de sombrer dans l'inconscience la plus totale ; il est puissant comme un demi-dieu mais il aimerait bien se blottir en pleurnichant dans les bras des dames ; il ressent le pourpre, le rouge et le violet autour de lui comme une agression autant que comme une protection.

Et puis ça devient plus simple…

Angus est dans un cocon. Il n'a jamais été aussi à l'aise. Ça y est ! Il est au sommet de ce qu'il aurait pu imaginer ! Il a l'impression d'être en mousse, baigné dans de l'eau tiède et allongé sur un matelas d'algues… Hmmm… Dans sa tête, il y a des pensées parme et mauves, qui coulent comme de la guimauve. Il est en train de vivre le meilleur moment de sa vie !… Lentement, il plane dans un ciel bleu, pur et scintillant ; il se dirige vers des nuages d'une blancheur éclatante, qui font de petits « Oumph ! Oumph ! » à chaque fois qu'il rebondit dessus.

Et puis il se retrouve au-dessus d'un terrain de hand, en plein match. Il marque des buts en restant suspendu au-dessus du sol, et il parcourt le terrain en volant, il reçoit et distribue les balles comme s'il était un ordinateur qui décoderait le match avant même que chaque action ne se concrétise. Il connaît tout, il comprend tout, il sait tout ! Et en plus, il n'est jamais fatigué : il parcourt des kilomètres sans s'essouffler, et son corps hypernerveux ne pèse rien. Intensité au top ! Il est le maître du jeu, il est en pleine puissance, il accède au summum de ce que peut produire l'espèce humaine. Il est…

… un **SURHOMME !!!**

Oui !!!

Oui…

Allongé en étoile de mer sur son lit, Angus se dit que s'il pouvait passer son existence comme ça, ce serait merveilleux. Il sourit. Dans une brume toute douce, il lui semble voir apparaître la Dame Blanche, vaporeuse. Elle approche son visage de son front, et y dépose un baiser très délicat.

Comme dans un rêve, Angus entend une voix à la fois lointaine et très proche :

– Angus, je suis ta maman. Je t'aime.

Des mots qu'il n'avait jamais entendus de toute sa vie.

Angus s'endort comme un bébé.

– X –

Tentative d'évasion

Dans l'immense salle, c'est le grand conciliabule. Les jeunes sont tous assis en tailleur autour d'Olivia qui se tient debout, solidement arrimée au sol, jambes écartées et bras croisés.

– Pas besoin de le préciser, on a un sérieux problème. Tous ces vieux chelous sont totalement barrés… et très dangereux. On ne sait pas ce qu'ils manigancent précisément, mais on est tous d'accord pour dire que le mieux, c'est de filer au plus vite. Voilà ce que je vous propose : pour commencer, on inspecte la pièce dans ses moindres recoins. Un peu comme un *escape game*, mais en vrai.

Murmures d'approbation.

– Dans un quart d'heure, on fait le point. Go !

Tout le monde se lève, dans un même élan. On se disperse et on s'active. Théo essaie de crocheter la porte : rien, la considérable serrure ne bronche pas. Gabriel tape dessus avec les chaises, rien non plus : trop épaisse, trop solide. Fatou soulève les tapis, Lauryn gratte les murs, Romy tente de déplacer des pierres pour trouver des ouvertures secrètes. Dans tous les châteaux, c'est bien connu, il y a toujours un truc qui pivote, une trappe cachée, un escalier dissimulé…

Soudain, Max s'immobilise. Mais oui, bien sûr ! Pourquoi personne n'y a pensé plus tôt ?! Les fenêtres ! Il lève les yeux tout en haut des murs, vers ces sortes de meurtrières vitrées et traversées en leur centre d'un barreau de métal horizontal.

Olivia, juste à côté de lui, s'immobilise également, et suit son regard.

– Tu penses pareil que moi ? chuchote-t-il.

– Les vitres des fenêtres, évidemment !

– Le défaut de la cuirasse. L'unique faiblesse de la forteresse.

– On peut les briser avec nos ballons…

– Une seule suffira.

– Ensuite, on déchire nos vêtements et on noue les lambeaux ensemble.

– On y accroche une paire de baskets…

– … qui fera office de grappin…

– … et s'enroulera autour du barreau.

– Il suffira de bien viser. Enfin, en espérant que l'espace ne soit pas trop étroit pour passer.

– De toute façon, c'est notre seule chance.

Olivia se retourne :

– Les amis, on a trouvé un truc. C'est loin d'être facile, mais on pense que c'est possible.

Elle explique le plan aux autres qui se sont approchés d'elle.

Un temps.

Puis elle reprend :

– À votre avis, c'est jouable ?

C'est Théo qui réagit en premier – comme toujours. Il saute vivement sur ses jambes :

– Non seulement c'est jouable, mais il faut le tenter. Et tout de suite !

Fatou et Lauryn s'embrassent de joie :

– Yes et YESSS !!!

Gabriel hoche lentement la tête :

– Bien sûr qu'on va le faire.

OK, ils sont reboostés. Enthousiasme, esprit d'équipe et volonté : cette fois, ils vont y arriver ! Ce sont des sportifs, des joueurs de hand. La persévérance, c'est leur truc !

Mais alors que tout le monde se dirige vers les ballons, on entend un petit filet de voix s'élever : Romy.

– Et Angus ?…

Ils se retournent d'un bloc.

– On… On ne va quand même pas le laisser là ? On peut pas partir sans lui… et le laisser tout seul entre les griffes de cette bande de fous furieux…

Sous ses frisettes brunes, derrière ses lunettes rondes, elle semble toute perdue. Olivia se demande même si elle n'est pas en train de verser une larme – elle s'en est toujours doutée, Romy a un faible pour Angus. Sans doute aime-t-elle sa différence, son étrangeté, son côté imprévisible… et surtout – cela, Olivia en est sûre – sa solidité sous ses allures de faiblesse.

– Romy, lui répond Max d'un ton doux et rassurant, on est une équipe et Angus est notre pote à tous. Angus est bizarre, d'accord ; mais il est important et c'est un type génial, quand on le connaît.

Il pose la main sur son épaule.

– Pas question de partir sans lui.

– Oui… mais cette histoire… cette histoire d'Élu !

– Et après ? C'est n'importe quoi, voilà tout. T'imagines Angus te décapiter ?

Romy fait signe que non, mais ne peut réprimer un frisson.

– Elle délire, la vieille : Angus n'est pas un « Élu » ou je ne sais quoi, et il ne ferait pas de mal à une mouche. Et, oui, on ira le chercher, car il est *des nôtres*. Dès qu'on sera sortis, on n'aura plus qu'une idée en tête : le faire sortir lui aussi. Et par tous les moyens. Allez, tous en place : aux tirs !!!

Chacun, un ballon à la main, choisit une fenêtre. Quelques dribbles, quelques pas d'élan… et c'est parti ! Chaque joueur y va avec son style – puissance ou précision, ampleur ou intensité. C'est une vraie rafale de tirs qui se déchaîne vers les hauteurs.

Hélas, l'exercice s'avère encore plus compliqué que prévu : les fenêtres sont vraiment, vraiment étroites, et les rares balles qui touchent les vitres parviennent à peine à les ébranler.

Lutter contre le découragement… Continuer jusqu'à ce que ça cède ! Il faut abattre cette saleté de morceau de verre, le pulvériser… C'est une question de vie ou de mort !

– *HAAAAA HAAAA HAAA HAA HA !!!*

La VOIX qui vient de jaillir est ignoble, grave, fracassée, et d'une puissance insupportable. Une voix satanique. Les kids se serrent le crâne pour essayer d'en atténuer l'impact. Ils regardent partout... rien.

Au moment où ils commencent à céder à la panique, la VOIX reprend, et chaque mot qu'elle prononce explose comme un coup de tonnerre :

– **VOUS CROYEZ POUVOIR VOUS ÉVADER, BANDE DE PETITS MALIIIIINS ? VOUS VOUS PRENEZ POUR DES HÉROOOS ?!! SACHEZ UNE CHOSE : DE TOUTES LES PERSONNES ENFERMÉES ICI PAR NOTRE MAÎTRESSE, *AUCUNE* N'A JAMAIS RÉUSSI À EN SORTIR ! HA HA HA ! HAAA HAAAAA ! ALORS MAINTENANT, CESSEZ CE PETIT JEU... JE SUIS LA VOIX DE NOTRE MAÎTRESSE ; ET COMME ELLE, JE SUIS IMPITOYAAABLE !!!**

– XI –

Avertissement immonde

– Bien ! Maintenant que j'ai votre attention, je vais pouvoir vous expliquer le déroulement des opérations…

La **VOIX** a cessé de hurler, mais elle n'en est que plus stressante. Chaque syllabe se détache avec netteté ; pourtant, le son est éraillé, humide et un peu chuintant, comme si les mots s'extirpaient d'une grosse bouche molle, aux commissures baignées par une bave épaisse.

– Toi, là, le grand… Toi qui as eu l'impudence de faire affront à notre maîtresse en lui adressant la parole, et qui lui as tenu tête avec une arrogance impardonnable… Et toi aussi, la grande fille aux longs cheveux… Toi qui as pris cette initiative absurde de tentative d'évasion. Toi qui te crois la plus intelligente et la plus rusée. Écoutez-moi, vous deux ! Écoutez-moi *bien* et faites ce que je vous dis, car je suis l'ambassadeur de notre maîtresse. Et je dis : **APPROCHEZ-VOUS DE LA VASQUE INFERNALE !!!**

La « vasque infernale » ? Olivia et Max ne savent pas très bien ce qu'ils sont censés faire, mais ça ne sent pas bon.

Puis ils comprennent. Craignant de porter préjudice au reste de l'équipe, ils se soumettent et avancent vers l'intrigante fontaine qui trône au centre de la pièce. Ils n'en mènent pas large : leurs jambes flageolent, leurs pas sont incertains. D'un geste instinctif, ils se prennent la main. Les voilà devant les deux marches. Ils s'arrêtent, restent immobiles quelques instants, les lèvres serrées. Ils montent.

– **PENCHEZ-VOUS… ET REGARDEZ. C'EST UN ORDRE !!!**

De plus en plus crispés, ils obéissent. L'eau est calme, et la surface complètement lisse…

… mais bien vite, elle se voile légèrement, se fripe. Deux ou trois bulles apparaissent. Ensuite, l'eau semble se troubler, devenir verdâtre, saumâtre… Et le niveau commence à descendre. Imperceptiblement. Inexorablement. Au rythme des bulles qui éclatent de temps en temps : « *blop… blop… blop…* ». Au bout d'un moment, il ne reste plus qu'une minuscule flaque.

Alors ça se met à gargouiller : de faibles sons, à peine audibles, mais dégoûtants, nauséabonds, comme des bruits d'intestin. De la mousse éclôt, quelques gouttes giclent au visage des deux ados. Et peu à peu, on dirait que le fond *s'anime*. Oui : le fond s'anime !! Le fond se met à bouger, et ce qui grouille dedans, c'est comme de la chair. De la chair informe, de la chair gris-vert, de la chair glaireuse, mais bel et bien vivante !

Brusquement, cette chair s'extirpe du goulot de la vasque. Enfle, prend forme, sous les yeux médusés d'Olivia et Max. Ça devient épais, gluant. Ça se transforme en une grosse boule ; et puis, la boule commence à se strier de veines et de ridules, jusqu'à ressembler à une sorte de… cerveau. Forme de cerveau, texture de cerveau. Un cerveau dont les plis remuent. Très vite, on y voit apparaître des larves qui se tortillent, et qui gonflent pour devenir des vers – comme des orvets qui se mélangeraient et grandiraient.

Pas de doute : les immondes bêtes se distinguent de plus en plus nettement. Elles bougent et glissent, se faufilent, se séparent et se regroupent… Elles grouillent, elles croissent – et sont de plus en plus nerveuses. Elles se multiplient, deviennent des centaines, puis des milliers !

Constatant la stupeur d'Olivia et de Max, les autres se sont approchés ; mais pas trop, pas trop… pas assez pour voir que les êtres rampants ouvrent à présent des bouches abjectes, garnies de fines dents aiguisées comme des scalpels !

Olivia et Max, eux, les voient. Ils voudraient hurler, mais ils ne peuvent pas. Ils ne peuvent que regarder, l'œil fixe, les petits monstres qui s'étirent vers le haut, niaquent et claquent dans le vide, affamés. Leurs yeux roulent, comme cherchant une proie. *Inoculer le venin !* Les petites têtes ondulent, hideuses et fripées !

Penchés au-dessus des créatures, Olivia et Max sentent la terreur les prendre à la gorge et l'angoisse rayonner dans leur ventre. Quant aux autres, le simple fait d'entendre ces sons sinistres leur fige le sang.

Soudain, deux de ces bêtes immondes jaillissent ! Il ne leur faut qu'une seconde pour entourer les chevilles des deux camarades. *Les ligoter.* Pour l'instant, elles ne sont pas assez longues pour dépasser le niveau de leurs genoux…

… mais elles continuent de croître ! Et tout en serrant avec une puissance ahurissante les mollets des ados – qui hurlent, qui hurlent enfin à pleins poumons ! –, elles poussent et colimaçonnent autour de leurs jambes puis de leurs corps comme des lianes gluantes. Les jambes, la taille et les bras sont immobilisés, puis les côtes, et bientôt la poitrine. Ils ne peuvent plus bouger.

Autour d'eux, le groupe reste figé sur place, hypnotisé par le spectacle infernal. Lauryn et Fatou se sont blotties l'une contre l'autre, Théo est secoué de spasmes de rage et d'impuissance, tandis que Romy s'est recroquevillée sur une chaise, ses mains lui masquant les yeux. Gabriel, un peu à l'écart, se contente de serrer les poings en respirant très fort, raide comme un bout de bois. Tous voudraient agir mais aucun n'y parvient. Olivia et Max commencent à ployer sous le poids…

… puis, d'un seul coup, les bestioles lâchent leur étreinte fatale, comme si elles avaient perdu toute force.

Elles retombent au sol dans un bruit flasque et se mettent à ramper, telles les créatures abjectes et visqueuses qu'elles sont. Et elles s'évaporent comme des mirages.

Dans la vasque, il n'y a plus que de l'eau. Une eau paisible et claire.

La **VOIX** se fait à nouveau entendre :

– J'ESPÈRE QUE VOUS AVEZ COMPRIS, MES PETITS ? ICI, IL N'Y A QU'UN SEUL MAÎTRE, ET

C'EST NOTRE MAÎTRESSE. ET ELLE EST IMPITOYAAAAAABLE !!! ALORS À L'AVENIR, JE VOUS RECOMMANDE D'OBÉIR SANS DÉTOUR. QUE CELA VOUS SERVE DE LEÇON ! HAAAAAAA HAAAAA HAAA HA HAHA !!!!!... QUE CELA VOUS SERVE DE LEÇON...

Silence glacial, horreur totale. Les sept se dévisagent, blêmes.

– XII –

La transmutation

Le temps n'existe plus. Les secondes durent des heures, les jours défilent comme un souffle. L'espace est en mouvement continu : tour à tour atrophié, condensé sur lui-même, ou au contraire dilaté comme des filaments de brume. Angus se tourne et se retourne dans son lit, en sueur… et puis, en un clin d'œil, il se réveille dans une salle pleine d'ombres.

Alors des voix lui chuchotent des ordres. On lui donne un sabre et il doit se battre contre des adversaires inconnus et monstrueux, qui disparaissent aussitôt le coup porté.

À nouveau dans son lit. Des mots fusent devant son front comme des vagues d'informations cryptées qui s'insinuent dans ses canaux auditifs pour venir ensuite se graver dans son cerveau. Une très vieille femme est assise à côté de lui, un livre à la main. Elle sourit…

… et Angus se retrouve, puis s'évapore, il sait et ne sait plus, il aime et il déteste. Tout est net, puis tout se brouille : savoir, ignorance, avant, après, douleur, bien-être, bonté et… cruauté.

Angus n'existe plus. Il est dissous dans le temps et l'espace, il flotte entre deux eaux, il ne sait plus rien et il apprend tout. Il ingère des informations, dirige son corps au rythme d'une scansion d'ordres et de consignes qu'il assimile sans les comprendre.

Son crâne se vide et s'emplit tour à tour, procédant à une purge facilitée par l'ingestion de pilules qui viennent à lui sans qu'il ne sache comment.

Parfois, il voit ondoyer des visages dans l'éther de la chambre. Il les reconnaît confusément, mais ne sait plus. Ne parvient pas à inscrire de noms sur ces faciès. Sa peau est régulièrement percée par des aiguilles d'où giclent des liquides acides qui se diffusent dans ses veines avec une lenteur implacable.

FLASH ! Angus hurle de douleur autant que de plaisir… Il se saisit d'une chaise et la met en pièces en la frappant contre les murs. L'écume aux lèvres, Angus mute.

– XIV –

La douche froide

Pour les autres, chaque jour ressemble au précédent, seulement rythmé par de maigres repas constitués de bouillons insipides accompagnés d'une carotte crue. Les heures s'étirent, les ventres gargouillent, les corps fatiguent et les esprits s'embrouillent. Nuits sans sommeil ou peuplées de cauchemar, réveils maussades dans une lumière blafarde.

Petit matin poisseux. Les jeunes dorment encore sur leurs matelas gris, sales et fins comme des galettes. Dans la nuit, l'orage s'est déchaîné plusieurs heures durant (impossible de dire combien, les batteries des portables sont déchargées). Aucun d'eux ne réussissait à fermer l'œil, alors au bout d'un moment, ils se sont tous assis en rond et ils ont cherché à inventer un jeu.

C'est Fatou qui a trouvé. Elle a fait rouler un ballon un peu au hasard – mais pas complètement –, qui a atterri entre les genoux de Gabriel. Elle a toujours bien aimé taquiner ce grand garçon un peu trop sérieux… et plutôt BG.

– Allez : celui qui récupère le ballon raconte soit une blague, soit un truc qui fait peur !

Surpris, Gabriel est resté quelques secondes silencieux. Puis :

– Deux saucisses sont dans un micro-ondes. La première tremble et bégaie : « *J'veux pas être m-mangée !…* » L'autre sursaute : « *Au secours ! Une saucisse qui parle !!!* »

Il a attendu que l'équipe ait fini de rigoler, puis il a envoyé la balle en direction de Romy, qui s'est raidie, avant de lâcher d'une seule traite :

– C'est l'histoire d'un pingouin qui respire par les fesses, un jour il s'assoit et il meurt.

Elle a terminé avec les joues toutes rouges, elle-même étonnée d'avoir dit un truc pareil, et a renvoyé la balle d'un geste machinal.

À Théo :

– « *Papa, c'est quoi l'humour noir ?* » « – *On va se faire un petit foot, et je t'expliquerai après.* » « – *Mais Papa, tu sais bien que je suis paraplégique…* »

Ça a duré longtemps comme ça. Des blagues, ils en avaient tous ; en revanche, des trucs qui font peur, ils n'en connaissaient pas… ou ils n'ont pas osé…

Ils ont fini par se recoucher, crevés et de meilleure humeur ; mais le réveil désagréable les ramène à la réalité. Ils sont toujours enfermés dans cette grande pièce qui est probablement l'une des innombrables salles d'un château médiéval. Ils sont toujours pris au piège dans un truc dont ils ne connaissent rien. Ce n'est pas un match de hand, ce n'est pas de la stratégie, ni de la tactique ; c'est… ils ne savent pas quoi. Sauver chacun sa peau, mais en même temps sauver la peau de tout le monde.

Alors quoi ? Trouver un moyen de s'échapper ? De toute évidence, il n'y en a aucun. Que faire ?! Maintenant, ils sont tous déprimés. Ils repensent à la vasque, à ces bestioles et à cette VOIX flippante… Franchement plus envie de blaguer.

Un groupe de vieillards en treillis apparaît. Les hommes portent des bâtons sur l'épaule, comme des battes de baseball

ou des gourdins, et les femmes suivent. Un gros boursoufflé prend la parole :

– Allez les jeunes, debout ! C'est jour de douche, et tant mieux, parce que ça sent le chacal dans le coin.

Il se marre en regardant ses copains, tout fier de sa vanne…

Les douches, c'est un immense cube de béton brut, suintant et glacial. On dirait celles d'un camping bas de gamme en plus sale. Et bien plus vastes ! C'est gigantesque, ça résonne, ça pue et ça caille.

– Allez, à poil tout le monde ! ricane une vieille toute tordue de partout.

Les filles se placent d'un côté, les garçons de l'autre. Tout le monde est gêné, on garde les yeux baissés. Puis Théo va se placer au-dessous d'un des pommeaux géants, un morceau de savon jaunâtre dans la main, et les autres l'imitent.

– Zou, on envoie la flotte ! lance le boursoufflé avec un vilain sourire.

Et ça jaillit ! C'est froid ! C'est même gelé !!! Ils se tortillent tous sous cette masse d'eau qui leur mitraille impitoyablement les épaules, parviennent à peine à se savonner tant ils grelottent.

Très vite, ils sentent le froid s'insinuer dans leurs articulations, leur paralyser les pieds, les genoux, les coudes, les épaules. C'est insoutenable !

Et puis ça s'arrête. Tremblotants, ils se regroupent à l'entrée. On leur indique des serviettes dans un coin, qui ressemblent à des serpillières. Ils s'essuient comme ils le peuvent.

Deux vieilles s'avancent. La première, c'est la toute tordue : elle a des verrues sur le nez et il lui manque toutes les dents de devant ; on dirait une sorcière de cartoon. La seconde est énorme. Ça pend de partout... À tous les coups, c'est la sœur du boursoufflé !

Elle traîne un sac derrière elle, qu'elle pose brutalement. Puis elle en extrait des morceaux de grosse toile que l'autre distribue aux jeunes, aussi étonnés que tout nus. La sorcière annonce :

– Les gosses, voilà vos vêtements. On a un cœur, quand même ; on n'allait pas vous laisser avec vos nippes qui schnouffent.

Et elle se marre... C'est une vraie maladie, chez eux ! Dans le tas de hardes, il y a des sous-vêtements jaunis, des tuniques grisâtres et des chaussettes marronnasses. Lauryn lève timidement le doigt et demande d'une petite voix :

– Madame, moi j'aimerais mieux garder mes vêtements, même s'ils ne sont pas propres… je peux ?

– Nan, répond la sorcière. Tu mets ça. C'est l'uniforme de la maison, c'est la volonté de notre maîtresse, et c'est comme ça ! Et tu la ramènes plus, sinon je te fais nettoyer le sol et récurer les murs. Avec la langue.

– XV –

Angus le monstre

Dans sa chambre, Angus fait les cent pas. Des pas secs et saccadés et fébriles. Il tourne et tourne et tourne. Il tient un sabre de samouraï à deux mains, un « katana » ; et tous les trois ou quatre pas, il fend l'air avec. *Vouffff !… Vouffff !… Vouffff !…* Il est chaud bouillant ! Enragé !

Il n'en *peut plus* de rage ! Dans son crâne, c'est le cataclysme, l'éruption volcanique, lave en fusion ! Il sort en trombe de la chambre, traverse le couloir et fonce dans la pièce d'en face.

Lumière douce et musique zen. Angus s'avance, le katana pendant au bout du bras. Devant lui, plantés sur des colonnes à sa hauteur, des tronçons de bambou.

Soudain, un « **GONG !** » assourdissant retentit. Et presque en même temps, la **VOIX** rugit :

– **VAS-Y, ANGUS. TRANCHE ET TUE !**

Alors il brandit son sabre ; et en un enchaînement de gestes d'une fluidité et d'une rapidité incroyables, il coupe chaque bambou en deux. Il avance encore et se retrouve devant un alignement de pastèques. **GONG**… et **VOIX** :

– **VAS-Y, ANGUS. TRANCHE ET TUE !**

En un éclair, les pastèques sont débitées en morceaux. Angus s'enfonce dans la pièce, se retrouve face à des rangées de mannequins. Des personnages terriblement réalistes… à l'effigie de l'équipe. Grandeur nature ; on pourrait croire qu'ils sont vrais.

Ils sont tous là : Max, Olivia, Lauryn, Fatou, Théo, Gabriel… et aussi Romy avec ses bouclettes, son joli visage tout doux et ses lunettes toutes rondes. Une pensée floue traverse le cerveau d'Angus… Un mot répété sourdement… *« Romy », « Romy », « Rom… »*

GONG… et la **VOIX** :

– **VAS-Y ANGUS. TRANCHE ET TUE !**

Angus transpire. Il a les yeux injectés de sang. Ses mains se serrent sur le manche du katana et il tremble de plus en plus.

– Put-t-t-ain … Je dois le faire. Je *veux* le faire !!!

Il soulève son sabre d'un seul élan et décapite le premier mannequin, Max – *YAAAH !!* Le geste lui procure un immense sentiment de soulagement…

… mais il reçoit aussitôt une giclée de liquide chaud, qui le surprend et le laisse pantois quelques secondes. Du sang ?

Du sang !!! Il en a plein les vêtements, son visage en est couvert. Sa fureur est décuplée, il hurle !

– AAAAARRRRHHH !!!

Il continue, il doit aller jusqu'au bout ! La tête de Théo le teigneux vole dans les airs dans un geyser rouge sombre, puis c'est au tour celle des deux excitées, Fatou et Lauryn. Il éclate de rire en tranchant celle de ce grand dadais de Gabriel, il massacre la belle Olivia…

Maintenant, il y a Romy. Juste là, à quelques dizaines de centimètres. Cette fois, il hésite. Il laisse son katana descendre d'un cran, regarde la petite bouille si ressemblante… ses yeux si tendres…

Mais c'est dans son crâne, alors, que résonne l'injonction :

VAS-Y ANGUS. TRANCHE ET TUE !

Et brusquement, comme s'il ne se maîtrisait plus, il assassine Romy.

Silence dans son crâne, retour de la musique zen dans la pièce.

Angus est figé, il peine à retrouver sa respiration. Il est blanc et flageolant. Prêt à s'effondrer.

Au bout de quelques secondes, la VOIX revient – douce, calme. Apaisée.

– C'est bien, Angus. À présent, tu peux rejoindre ta chambre. On t'apportera un repas, quelques pilules, et tu te reposeras du repos du bon soldat qui a bien accompli sa mission. Tu es presque prêt pour le grand moment ; et c'est pour bientôt.

– XVI –

Un début de plan ?

Pour tromper leur ennui, les kids se sont lancés dans une série de passes. La porte s'ouvre ; l'équipe se fige, le temps aussi. La balle reste coincée entre les mains de Fatou. Les visages se tournent vers la porte. La Dame Blanche fait son entrée, ses quatre chiens en laisse, entourée d'une demi-douzaine couinante de disciples en treillis. Elle fait un ample geste pour imposer le silence.

– Jeunes gens ! Bientôt, vous subirez les épreuves qui révéleront le Sacrifié. Et, je n'en doute pas, vous allez vivre des moments cruels. Des instants difficiles, tant physiquement que psychologiquement. Certains d'entre vous céderont peut-être à la pression, alors que d'autres se surpasseront. Ce qui est sûr, c'est que vous nous montrerez votre véritable nature. Ces épreuves, nous les voulons d'un raffinement exceptionnel – un raffinement dans la cruauté, bien sûr. Elles seront issues d'un cerveau éclairé, de l'imagination d'un être d'exception. Vous l'aurez compris, il s'agit de votre ami – ou devrais-je dire de votre ancien ami ? J'ai nommé Angus le Grand !

La Dame clame ces derniers mots en écartant les bras tout en levant le visage au ciel. Comme pour ponctuer les propos de leur maîtresse, les chiens se mettent à hurler à la mort.

Le sang se fige, les visages pâlissent. Puis, à voix basse…

Théo : Angus ? Nous trahir ?

Lauryn : Qu'est-ce qu'ils lui ont fait ?

Fatou : Un truc bizarre, c'est sûr.

Gabriel : On garde son calme, tout le monde.

Max : Comment savoir, avec cette sale bonne femme…

Romy : Je suis certaine qu'elle ment !

Olivia n'a rien dit. Elle semble absorbée, concentrée. Cherchant à attirer l'attention de Max, elle lui gratouille discrètement la cuisse. Elle lui chuchote :

– On tient peut-être notre chance. Ils seront bien forcés de nous faire sortir de cette pièce pour nous faire passer leurs saletés d'épreuves… et c'est là qu'il faudra saisir chaque occasion ! Il suffit qu'un seul d'entre nous arrive à s'enfuir… Un dehors, c'est tous plus forts !

– Oui, on…

– Chut ! S'il y a une VOIX qui nous parle, cela signifie peut-être que nous sommes écoutés. Fais passer le message aux autres, mais discrètement : *Un dehors, c'est tous plus forts.* Après, on verra.

Max acquiesce en silence. Le message passera.

Pendant la nuit, des petits mots circulent, griffonnés sur des bouts de papier. Tous se terminent par :

« Un dehors, c'est tous plus forts ! »

L'esprit d'équipe. L'esprit d'équipe plane au-dessus d'eux. Ils sont unis, depuis toujours et pour toujours ; et ils savent que si l'un d'entre eux réussit à s'évader, il fera tout pour les faire sortir à leur tour. L'esprit d'équipe.

Dans la grande pièce garnie de matelas fins comme des galettes, une drôle d'ambiance règne. Un mélange de torpeur angoissée et d'atmosphère électrique. On voudrait dormir, mais on ne *peut pas*. On aimerait au moins s'assoupir, mais le moindre bruit fait dresser l'oreille, la moindre lueur ouvrir l'œil. Un peu comme, parfois, avant un match crucial.

– XVII –

La transe

Angus trône dans la « Grande Salle des Réunions ». Il y a une demi-heure, on lui a injecté un produit dans les veines… qui lui a fait un drôle d'effet. Un effet différent des autres fois, plus doux. Il se sent bien.

Devant lui, une quinzaine de petits vieux assis sur des chaises disposées en arc de cercle ; et au milieu, la Dame, toujours vêtue de blanc, installée dans un immense fauteuil de velours rouge. À ses côtés, un guéridon sur lequel est posé un verre plein d'un liquide grisâtre.

La Dame se lève et le désigne.

– Angus ! Angus le Grand ! Tu as reçu l'Enseignement. Tu as accompli avec succès le Voyage Initiatique, et désormais, ta véritable nature s'est épanouie et s'exprime au grand jour. Angus ! L'heure est venue pour toi d'entrer dans la Transe Mystique pour nous dicter les épreuves qui révéleront le Sacrifié parmi nos jeunes hôtes.

Elle se saisit délicatement du verre et, après l'avoir approché de ses lèvres, lâche un épais filet de salive dans le liquide qui se met aussitôt à mousser, sous les murmures approbateurs de sa bande.

– Angus ! En mélangeant ma sécrétion buccale à la décoction contenue dans ce verre, je t'offre un peu de moi. Ensemble, durant la transe, nous entrerons en fusion. Je serai en toi et nous ne ferons qu'un.

Elle s'approche de lui à pas lents.

– Bois, Angus ! Bois et dis-nous !

Le regard fixe, Angus prend le verre et boit son contenu d'un trait. Après quelques secondes, il se lève :

– Mes amis ! J'ai compris… et je suis désormais convaincu que vous avez mis au point la solution ultime. Supprimer une jeune personne pleine de vitalité pour redistribuer cette vitalité dans plusieurs vieux corps usés par l'existence… c'est évident comme de l'arithmétique. J'ai compris que le chiffre 7 – symbole de connaissance, mais aussi de chance – est essentiel à la réussite de ce processus : faire fusionner les énergies, extraire l'unique du groupe de 7. L'essence du 7, le vainqueur. On le sait, toutes les idées géniales sont aussi les plus simples.

Les vieillards dodelinent de la tête d'un air satisfait, et la Dame sourit imperceptiblement.

– Mes amis ! Grâce aux connaissances, à la bienveillance et la bonté de votre maîtresse, je vais maintenant…

Angus ne termine pas sa phrase. Il est soudain agité par d'atroces convulsions. Il se tord, se tient le ventre et se met à râler. Un flot d'écume jaillit de sa bouche comme un torrent ! Il tourne deux fois sur lui-même et s'écroule sur le sol, secoué par d'irrépressibles et ignobles tremblements.

La Dame s'est approchée ; elle se penche au-dessus du petit corps. Les vieillards forment un cercle autour d'eux. Alors une voix s'élève de la bouche d'Angus. Une voix rauque et grave, une voix sans tonalité, qui égraine des bouts de phrases entre deux spasmes accompagnés de coulées d'écume :

– Des épreuves dures, étranges… de gros corps boursouflés… corps qui flottent… corps qui souffrent… Aaarh !!!… corps qui courent… souillés… douleur… Aaaaarrrhhh !!!…

Le visage tourné vers le ciel, la Dame semble elle aussi être entrée dans une forme de transe. Une transe immobile et extatique. Presque imperceptiblement, elle murmure :

– Continue, enfant béni…

– XVIII –

Épreuve N° 1

Alors qu'ils s'étaient presque habitués à une sensation de faim permanente, depuis quelque temps, c'est l'inverse. Ils sont abondamment nourris : des steaks, des pâtes, des gâteaux, des sucreries et des sodas. L'équipe profite, mais on se demande ce qui se cache derrière ces menus de rois. On se dit que la première épreuve se profile peut-être à l'horizon ; ou peut-être a-t-elle déjà commencé ?

Oui, peut-être. Mais en quoi consiste-t-elle ? On essaie de les faire grossir ? de les engraisser à mort ? Mais pourquoi ? Pour les faire exploser les uns après les autres ? Sélectionner celui qui sera le plus résistant à la bouffe ? À moins que l'idée ne soit, au contraire, de voir lequel saura s'arrêter avant d'éclater comme un vulgaire sac plein de nourriture ?

En tout cas, on les a tellement privés auparavant qu'ils se font plaisir : ils dévorent ! Toutes les quatre heures, de jour comme de nuit, on leur apporte de nouvelles victuailles. Du raisin, du chocolat, du poulet, du fromage ou de la charcuterie… À peine la porte se ferme-t-elle qu'ils se jettent sur les plats et les canettes. Ils bâfrent, mangent avec les doigts, s'essuient les mains sur leurs tuniques pourries dont le tissu grossier devient graisseux.

Le problème est qu'après avoir autant mangé, à un rythme aussi soutenu, ils ont faim de plus en plus fréquemment. En plus, comme même leur sommeil est interrompu par ces repas gargantuesques, ils dorment de manière chaotique, mal et peu. Ils ont pris des bourrelets en seulement quelques jours et des poches sous les yeux en quelques nuits seulement.

– LES ENFANTS, L'HEURE DE L'ÉPREUVE A SONNÉ ! LEVEZ-VOOOUS !!!

Réveil en sursaut ! La **VOIX**. Sueurs froides dans le noir.

Sonnés, hagards, ils obtempèrent.

La lumière s'allume brutalement. Lumière vive, les regards sont perdus, les pupilles rétrécissent. Théo est blême, Gabriel tente de conserver son calme. Olivia et Max se donnent la main. Lauryn et Fatou se serrent l'une contre l'autre, tremblantes, jusqu'à ce que Romy leur adresse un petit geste rassurant, et, sans émettre un son, articule : *« Ça va aller, les filles »*. Elles se détendent un peu.

– **ALLONGEZ-VOUS SUR LE SOL !**

Ils obéissent.

– **NON, PAS COOOMME ÇA : À PLAAAAT VEEEEENTRE, BANDE D'IDIOTS !!!**

Ils obéissent.

– **ET MAINTENANT, VOUS ALLEEEZ... FAIRE DES POMPES !**

Ils se regardent, étonnés. Des pompes ? À cette heure ? C'est donc ça ?! Ils se mettent en position, la VOIX reprend :

– **METTEZ-VOUS EN POSITION ET ATTENDEZ MON SIGNAL.**

Silence. Des secondes, des heures, des années. Pour certains, ça commence déjà à devenir pénible. Ils sentent leur poids dans leurs bras, chaque kilo accumulé. Ils sentent le manque d'entraînement et de sommeil, perturbés par ces journées et ces nuits à se gaver.

– **ET MAINTENANT, ON Y VA: UNE... DEUX..., UNE... DEUX..., UNE... DEUX...**

Le rythme est lent, très lent. Bras fléchis, puis tendus, ils peinent à supporter leur masse. Puis ça s'accélère :

– **UNE, DEUX, UNE, DEUX, UNE, DEUX...**

Et encore :

– **UNE DEUX UNE DEUX UNE DEUX !**

Les visages grimacent, certains tremblent de la tête aux pieds.

– **MAINTENANT, RESTEZ COMME ÇA, LE CORPS LE PLUS PRÈS POSSIBLE DU SOL. JE VAIS RÉFLÉCHIR À LA SUITE. ET N'OUBLIEZ PAS : *LE MEILLEUR SAUVERA LES AUTRES*...**

Les jeunes ruissellent de sueur, accablés, humiliés. Mais ils tiennent ; en tout cas, ils s'y efforcent.

Théo est près de craquer. Pas de fatigue, non : c'est lui qui a le moins grossi, et son corps nerveux est parfaitement adapté à ce genre d'épreuve. C'est juste qu'il est excédé par cette situation ridicule, ce jeu idiot ! Il rêve de serrer entre ses mains la gorge dont sort cette **VOIX** (si elle en a une).

Justement, la revoilà :

– **CINQUANTE POMPES CLAQUÉES ! ATTENTION, ON Y VA : UNE, DEUX, TROIS, QUATRE…**

Furieux, Théo se met à exécuter ses pompes à un rythme deux fois plus rapide que celui de la **VOIX**. Et tout à coup, il s'écroule sur le sol, les bras écartés. Inerte. Ensuite, c'est au tour de Romy – elle tremblait depuis un moment, ses lunettes étaient tombées et on avait l'impression qu'elle suffoquait. Elle aussi reste par terre, sans bouger. Elle parvient tout de même à adresser quelques mots à ses camarades encore en lice :

– Ça ne sera pas moi, je suis désolée…

Bien vite, vient l'heure de Lauryn et Fatou. Elles s'effondrent presque en même temps, presque sans bruit. Côte à côte, Max et Gabriel se soutiennent du regard. Ils essaient de se donner du courage, de la volonté…

… mais ce n'est pas suffisant. Les membres flanchent et ils s'affalent, quasi inconscients. Il ne reste qu'Olivia : en bonne gardienne de but, elle est parvenue à conserver son sang-froid et à économiser ses forces plus longtemps que les autres. Relevant la tête, elle s'aperçoit avec stupeur qu'elle est la dernière. Ce qui signifie qu'elle a… *gagné* ?

– XIX –

Préparatifs

Debout au milieu de nulle part, les pieds plantés sur un épais tapis et entouré de hauts murs de pierre. Une pièce exiguë, sombre et glaciale. Seulement deux chandeliers sur un meuble de bois grossier. Angus sent qu'on s'active autour de lui. Deux vieilles femmes dont émane une vague odeur de sueur et d'eau de Javel. Le regard brouillé, les nerfs contractés, les muscles bandés, il inspire, il expire ; en lui, la tension est à son paroxysme.

Des émotions lui parcourent le corps. La colère fuse, la rage explose, la violence le possède, mais il reste immobile. Angus n'est plus qu'une machine. À ses pieds, les deux femmes sont accroupies. Chacune lui lace soigneusement une botte de cuir noir jusqu'en haut du genou.

Brusquement, un poids supplémentaire sur les épaules. On lui ajuste une cape qu'on fixe sur sa poitrine à l'aide d'une grosse épingle de vermeil. On lui tend un gobelet d'argent qu'il boit machinalement. Des couleurs apparaissent et se mélangent devant lui. Des sons étranges se font entendre à ses oreilles et il ressent des fourmillements désagréables au bout des doigts…

GONG.

Au loin, une cloche sonne. C'est confus, comme parasité par des larsens qui jaillissent du fond de son crâne. Une odeur d'encens écrase toutes les autres (sueur, Javel, poussière, cire). Et une voix s'élève, spectrale :

– Angus le Magnifique ! Oui, toi, l'Élu parmi les Élus… Il est temps d'accomplir ton ouvrage. Va et fais !

Quelqu'un approche, Angus discerne une haute silhouette blanche.

– Maintenant, tends les mains et saisis-toi du glaive du Sacrifice et de la Régénérescence !

Angus s'exécute.

– XX –

Épreuve N° 2

Les premières lueurs du jour pénètrent difficilement par les fenêtres. Les jeunes se réveillent, ils sont saisis par un étrange sentiment… quand ils s'aperçoivent que leurs matelas sont trempés. Ils osent à peine le penser : auraient-ils pissé au lit ?

Non, impossible. Ils regardent autour d'eux et constatent que le sol de pierre est *entièrement* couvert d'une fine flaque d'eau et que les tapis sont comme des éponges. D'instinct, ils se tournent vers la fontaine. Elle déborde !

Elle déborde ; de minces filets d'eau s'écoulent de la vasque sans discontinuer. Une nouvelle épreuve, bien sûr. Ils sautent sur leurs pieds, se précipitent vers la fontaine. À l'intérieur, ça gargouille : l'eau ne cesse de se déverser sur le sol, et le débit semble même monter en puissance. Oui, il augmente régulièrement…

… et soudain, l'eau se met à jaillir ! Mouvement de recul général ; le jet atteint deux mètres de haut, puis trois. Toujours plus fort. Bientôt, ils sont immergés jusqu'aux chevilles : ça commence à sentir franchement l'embrouille.

L'eau est montée au niveau de leurs genoux presque sans qu'ils s'en rendent compte. Une eau verdâtre, un peu visqueuse. En plus, elle est glaciale. Ils commencent à grelotter. À jeter autour d'eux des regards affolés, aussi, comme pour trouver un espace où se mettre à l'abri. Mais ils savent bien qu'il n'y en a pas. Alors on fait quoi ?

Ça monte de plus en plus rapidement. Voilà qu'ils en ont jusqu'à la taille, et bien vite jusqu'aux épaules. Et qu'est-ce que ça pue ! Les matelas et les chaises flottent absurdement, comme de ridicules petits radeaux à la dérive…

Max se frappe le front. Oui ! C'est ça : des radeaux !

– On se met sur les matelas ! Ça nous aidera à économiser nos forces.

Ils grimpent les uns après les autres, mais les matelas tanguent et s'enfoncent à moitié sous leur poids. Ils parviennent quand même à s'y tenir tant bien que mal...

Depuis longtemps, la fontaine a disparu sous l'eau. Le plafond est encore assez loin au-dessus d'eux, mais l'équipe n'en mène pas large. Ils sont gelés, la paralysie guette. Olivia stimule la bande :

– Bougez, agitez vos membres, ça vous réchauffera !

Des signes de fatigue se font sentir. Engourdissements, étourdissements... Certains sont à deux doigts de sombrer. Oh, et cette odeur de marécage ! Ils commencent à se sentir très mal et ils ont l'impression qu'ils vont mourir gelés. Alors ils s'agitent encore et encore. Mais s'ils se réchauffent, ils s'épuisent aussi...

Romy a décidé de faire la planche. En remuant doucement les bras, elle s'approche de chacun de ses amis et leur dit quelques mots rassurants à l'oreille. Lauryn et Fatou se prennent la main, le regard volontaire. Remotivés, Gabriel et Théo retrouvent de la vigueur.

Soudain, Olivia crie :

– On arrive au niveau des fenêtres... Il faut les casser ! Essayez de vous stabiliser sur vos matelas, et n'oubliez pas : *un dehors, c'est tous plus forts !*

Écoutant leur leader, ils s'y mettent tous avec l'enthousiasme des désespérés. Ils cognent avec les poings, Théo balance même des coups de tête. Mais rien n'y fait : les fenêtres ne bronchent pas. Max part à la nage chercher une chaise, Gabriel l'imite, et ils s'en servent pour frapper et frapper une vitre de toutes leurs forces, de toute leur rage. Là non plus, ça ne suffit pas. C'est alors que la **VOIX** se fait entendre :

– BANDE DE GAAAMINS INCONSIIISTANTS ! ELLES SONT BLINDÉES : MÊME AVEC DES MITRAILLETTES, VOUS NE POURRIEZ PAS LES FISSURER !! BON : POUR L'INSTANT, VOUS VOUS EN ÊTES SORTIS À PEU PRÈS CORRRRRREEECTEMENT. MAINTENANT, VIENT LA FIN DE L'ÉPREUVE...

On entend un bruit. Un bruit d'évier qui se débouche, mais en franchement dégoûtant. Un bruit assez immonde à cause de cette eau grasse et visqueuse. Et soudain… le niveau descend d'un coup, à vitesse grand V ! Tous se sentent comme happés par le tourbillon. Ça les attire, ça tournoie ; et surtout, ça dégringole à une allure folle !

Ils atterrissent brutalement sur le dos.

Sonnés, ils ne savent pas que penser. Pas de noyés à déplorer… Ils s'en sont tous sortis. Ils se relèvent douloureusement ; tous sauf Romy, qui reste allongée. Grimaçante, elle se tortille en se tenant la cheville gauche. Elle qui encourageait tout le monde tout à l'heure, elle semble en sale état. Un murmure désolé parcourt l'équipe : non, pas elle !!

Finalement, elle ressemble à quoi, cette épreuve ? Décidément, ils sont vraiment fous furieux, ces déglingués ! À quoi faut-il s'attendre pour la prochaine ? On va leur demander de s'entretuer à la tronçonneuse ? De rester le plus longtemps possible dans une cellule en flammes ? De se battre dans une cage avec des tigres ?

Olivia et Max s'approchent de Romy. Ils palpent sa cheville et tombent d'accord : une vilaine entorse. Tous deux se dirigent vers une chaise, en arrachent les barreaux et lui confectionnent une attelle avec des bouts de tissu de leur tunique. Largement insuffisant, mais c'est mieux que rien…

Un faible sourire se dessine sur le visage tout pâle de Romy, reconnaissante envers ses deux amis, qui ont su garder leur sang-froid et diriger l'équipe.

– XXI –

ÉPREUVE N° 3

Il ne s'est écoulé que deux heures tout au plus depuis la précédente épreuve. Dans la pièce encore trempée, l'équipe a réussi à reprendre ses esprits. On est à nouveau calme, mais on s'attend à tout.

Et c'est le retour de la **VOIX** :

– **VOICI L'ULTIIIIIME ÉPREUVE. ÇA VA VOUS PLAIRE : VOUS ALLEZ REFAIRE DU HANDBAAAAALL. ET VOUS ALLEZ MÊME**

POUVOIR SORTIR DE CET ENDROIT POUR DÉCOUVRIR LE REEESTE DU CHATEAU.

Des regards s'échangent, des esquisses de sourires : une chance de s'en tirer enfin ? *Un dehors, c'est tous plus forts…* La phrase tourne dans leurs têtes.

– ON VA VOUS DONNER UN BALLON. UN BALLON UN PEU SPÉCIAL. SI VOUS LE CONSERVEZ PLUS DE CINQ SECONDES, IL SE COUVRIRA D'ARAIGNÉES… VENIMEUSES, BIEN SÛR… ET, POUR CERTAINES, MORTELLES !!! VOUS DEVREZ DONC SANS CESSE VOUS FAIRE DES PASSES, ÊTRE SANS CESSE EN MOUVEMENT ET VOUS DÉPLACER LE PLUS RAPIIIDEMENT POSSIBLE JUSQU'À LA DESTINATION FINALE… ET SI VOUS N'Y ARRIVEZ PAS AU BOUT DE TROIS QUARTS D'HEURE, VOTRE AMI ANGUS SERA EXÉCUTÉ.

Le ton de la VOIX s'adoucit un peu.

– ÇA SERAIT UNE GRANDE PERTE POUR TOUS, MAIS C'EST LE JEU. C'EST LA RÈGLE ET PERSONNE NE PEUT LA CHANGER… TOUT AU LONG DE VOTRE COURSE, VOUS AUREZ

DES CIBLES À VISER. ET À ATTEINDRE, BIEN ENTENDU. ELLES SERONT TOUTES DIFFÉRENTES. ELLES SE MANIFESTERONT À VOUS ET VOUS LES RECONNAÎTREZ... OU PAS. VOUS EN RATEZ UNE ? VOUS ÊTES FICHUS. BONNE CHAAAAANCE...

La porte s'entrouvre sur une main décharnée, qui tient un ballon et le laisse tomber au sol. Il roule, s'immobilise. Les jeunes approchent, curieux et un peu effrayés. Ils se penchent, observent le ballon...

... dont la surface commence à évoluer. À se mouvoir. Sous leurs yeux effarés, des *griffes* surgissent et remuent – des trucs fins et osseux, comme des cure-dents cassés, noirs, rouges ou oranges... Des pattes ! Ce sont des pattes d'araignées qui percent le ballon pour en sortir !!

Ça dure quelques secondes et ça se brouille. Apparemment, le ballon n'est pas troué. Et pourtant, les araignées sont là, le recouvrant et grouillant, se faufilant, agglutinées les unes contre les autres.

Max fait quelques pas en avant. Avec prudence, il tend la main vers ce terrifiant objet. Il se répète que ce n'est qu'un ballon, *ce n'est qu'un ballon*. Au moment précis où il l'effleure, les araignées disparaissent. Il s'en saisit alors, le soulève au niveau de son visage.

La **VOIX** :

– VOUS AVEZ COMPRIIIS ? LA COURSE COMMENCE… ATTENTION, JEUNE HOMME, IL NE TE RESTE QUE DEUX SECONDES POUR TE DÉBARRASSER DU BALLON…

Max semble se réveiller d'un songe. Il jette la balle à Théo, qui la transmet immédiatement à Gabriel. Pendant que le ballon circule, la porte s'ouvre en grand dans un grincement sinistre. Et pendant que Théo et Gabriel enchaînent les passes, Olivia et Max courent à toute vitesse vers Romy qui, assise dans un fauteuil spongieux, encourage l'équipe d'une voix douce mais déterminée. Quelques mots suffisent, car les mots de Romy, c'est de la confiance, de la force, des vitamines, des calories ! Un rayon de soleil dans le cœur, aussi.

Olivia et Max s'arrêtent devant elle et joignent leurs mains croisées. La petite frisée s'installe sur leurs avant-bras comme sur une chaise. Elle grimace : sa cheville la fait affreusement souffrir.

Et maintenant, c'est parti pour l'épreuve de tous les dangers. Et de tous les espoirs.

L'équipe s'élance d'un même mouvement. Olivia, Max et Romy derrière; les quatre autres alignés devant, comme un rempart. Les passes se multiplient, on court et on franchit la porte vers l'univers inconnu.

Devant eux, un mur. Un couloir à droite et un couloir à gauche. Chacun mesure cinq ou six mètres de long et bifurque à angle droit. Un petit couinement se fait entendre sur la gauche : une souris les observe fixement. Elle a des yeux rouges qui brillent comme des spots, et on dirait bien qu'elle… rigole ? C'est une cible ! La première cible !! Fatou lui balance le ballon d'un coup rageur. La souris encaisse et s'en va en couinant.

Tout le monde la suit. Elle file dans une immense coursive éclairée par des torches accrochées aux murs de pierre. Et puis elle disparaît. On court à en crever, le ballon change de mains à chaque seconde.

Soudain, un spectre grisâtre et translucide surgit, dans un éclair. On dirait une méduse dotée de bras. Une

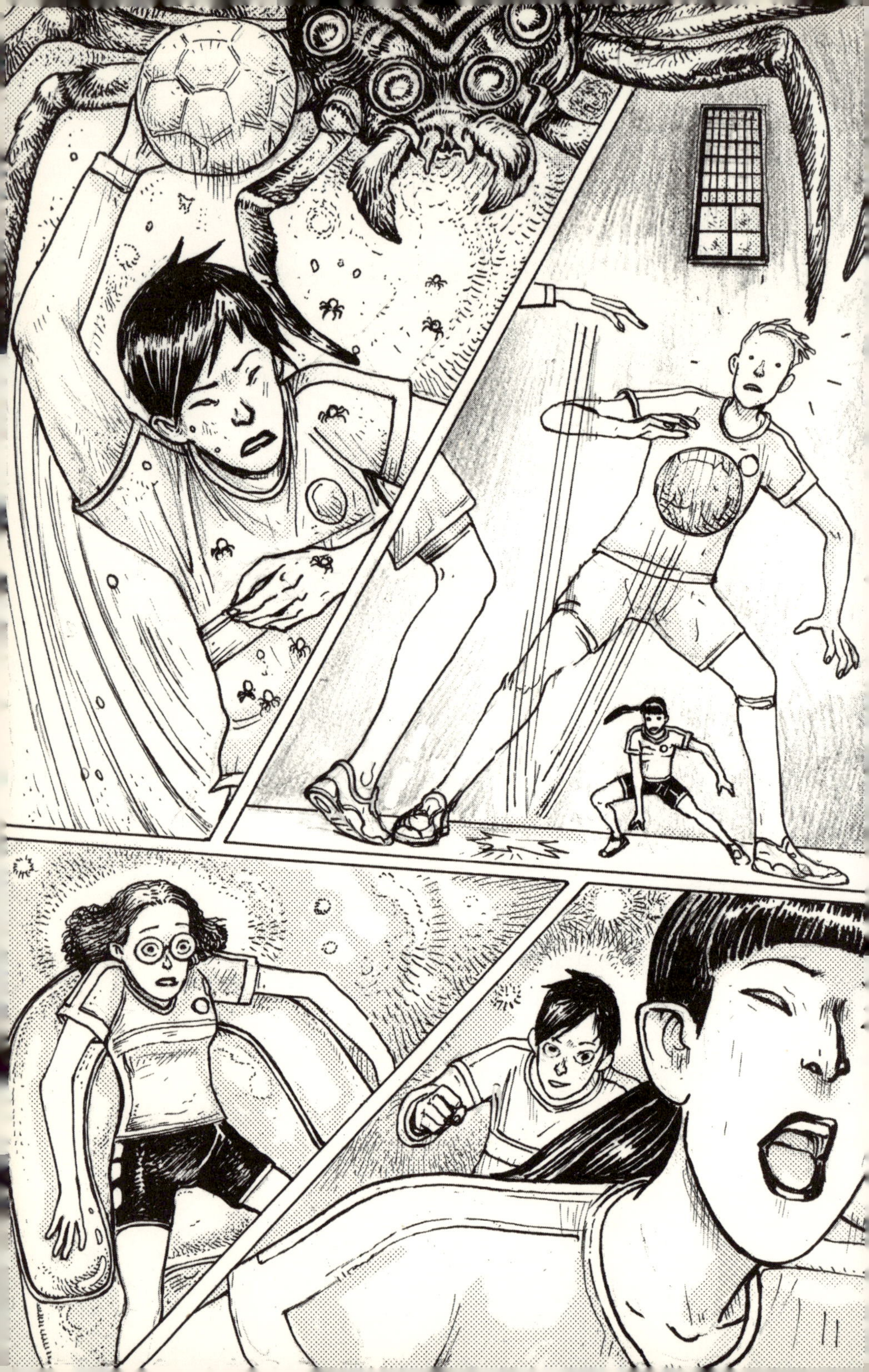

méduse géante qui flotterait à un mètre au-dessus du sol. C'est Théo qui a la balle : il la jette de toutes ses forces sur l'ectoplasme. Le fantôme vole en éclats et éclabousse les murs de gélatine. On poursuit la route en faisant des passes. Olivia et Max restent derrière, portant Romy et vérifiant à chaque instant qu'ils ne sont pas suivis.

Au centre du peloton, Gabriel remarque une petite porte sur sa gauche. Une ouverture vers l'extérieur ? Il s'esquive.

– XXII –

Gabriel et la murène

La porte s'ouvre facilement ; elle donne sur une pièce totalement obscure. Gabriel longe les murs en les tâtonnant. Il palpe chaque centimètre carré, du sol jusqu'au niveau de ses bras levés (il ne parvient pas à toucher le plafond malgré sa grande taille).

La pièce doit être assez exiguë, car au bout de quelques secondes, il aboutit à un angle. Il progresse lentement… et puis ses mains ne rencontrent plus que du vide. Un creux, un trou dans le mur – il sent un souffle d'air chaud.

Les mains de Gabriel explorent le trou. C'est profond, et il a le sentiment qu'avec quelques contorsions, il pourrait s'y faufiler.

Il fouille encore du bout des doigts. Où cela s'arrête-t-il ? Est-ce que ce trou mènerait vers l'extérieur, peut-être par un conduit grâce auquel il parviendrait à sortir ? *Un dehors, c'est tous plus forts !*

FSSSSSTTT !!!

Gabriel retire ses mains avec précipitation.

– C'est quoi ce truc ??? !!!

Il ne peut réprimer une série de tremblements en voyant ce qui sort du trou : une énorme tête de poisson fluorescente qui se balance avec nonchalance !

Il est terrifié. La tête de poisson s'avance vers lui, ralentit, se fige net. Elle n'est plus qu'à quelques centimètres de son visage ; et il ne parvient pas à bouger.

Il est tétanisé, les pieds soudés au sol.

Alors, juste devant lui, les mâchoires immenses de cette monstrueuse murène commencent à s'ouvrir. Elles s'écartent lentement l'une de l'autre, montrant des dents pointues et tranchantes, et elles claquent dans le vide avec un bruit sordide, immonde et humide. Elles claquent plusieurs fois, comme accomplissant un rituel d'intimidation. Et puis elles s'arrêtent.

La tête redevient normale.

Après l'avoir longuement observé de ses yeux jaunes, le poisson se met alors… à parler !

– Jeune homme, écoute-moi.

Non seulement il parle, mais il s'exprime avec précaution, en détachant chaque syllabe.

– Je pense que tu es le plus valeureux ; je pense que tu seras le Sacrifié. C'est sans aucun doute toi qui devras mourir pour sauver ces petits vieux – et, accessoirement, permettre à ton équipe de retrouver la liberté. Oui : en tant que Sacrifié, c'est toi qui mourras, et personne d'autre… si tu arrives à reprendre tes esprits et à sortir d'ici, bien sûr !

Gabriel fait quelques pas en arrière et se retrouve plaqué contre le mur du fond.

Comme si elle ondulait dans l'eau, la murène géante a accompagné son déplacement. Elle le regarde avec intérêt, comme avec curiosité. Puis elle se recule, et ses gigantesques mâchoires s'ouvrent soudainement. Et la murène, en une fraction de seconde, *aspire* Gabriel.

Elle l'engloutit ; il est pris jusqu'à la taille. Il sent ses flancs lacérés par les dents crochues. Il voudrait hurler !!!...

Non. Garde ton calme. Ton calme, c'est ta force, Gabriel.

Il glisse, et s'enfonce à l'intérieur du poisson jusqu'à mi-cuisses. Il se sent recouvert par un liquide acide, à deux doigts de tomber dans les pommes. Malgré ça, il s'efforce désespérément de garder les yeux ouverts et l'esprit clair. Il doit bien y avoir un moyen de s'en sortir ! Il ne peut pas finir comme ça, ce serait trop ridicule !

Ton sang-froid, Gabriel. Ta force. Ton sang-froid, comme pendant les matchs. La situation est horrible, mais la solution doit être simple. Il réprime un frisson qui lui remonte dans la colonne comme une chatouille, et... Mais bien sûr !!! C'est ça !!!

S'il n'était pas dans une posture si affreuse, il en rirait. Il libère doucement ses bras emprisonnés le long de son corps ; et de ses doigts tendus, il commence tout doucement à *chatouiller* la glotte de l'infâme poisson ! La chair est tendre, douce comme la peau d'un bébé. Il chatouille un peu plus fort, il sent du cartilage.

Pas vraiment de réaction ; alors il appuie, il relâche, il appuie et il relâche. Là, il sent comme un spasme. Un bref aller-retour. Il insiste et ça se reproduit, encore et encore. Gabriel poursuit son va-et-vient ; et du fond des entrailles de la murène surgit enfin… un fantastique rot !

Ça pue, c'est dégueulasse, c'est à gerber – mais c'est justement ce qu'il veut : faire vomir la bête. Qu'elle vomisse et qu'elle le vomisse avec ! Il n'a pas besoin d'insister trop longtemps : soudain, il est submergé par un flot de bile qui afflue comme un torrent des entrailles du poisson, et l'expulse comme un bout de viande ! Il dégringole et se retrouve assis par terre, dans une flaque de trucs non identifiables. Il se relève péniblement, en glissant dans le vomi, mais le voilà enfin debout.

Dans le noir à peine éclairé par le poisson fluorescent qui gigote absurdement, Gabriel détale. Bien vite, il se cogne au bois grossier de la porte. Il l'ouvre d'un geste fébrile : il est sain et sauf. Sa tunique est déchirée, il est recouvert de cochonneries de toutes sortes, mais le voilà de nouveau dans le couloir, adossé contre un mur, attendant que les battements de son cœur retrouvent un rythme à peu près normal.

Son souffle s'apaise. L'ouverture n'était pas une issue, loin de là. Tant pis. Maintenant, il doit rejoindre les autres. Il court de toutes ses forces dans leur direction.

– XXIII –

Théo et… Hulk

L'équipe poursuit sa course folle. Fatou, Lauryn et Théo devant ; Olivia, Max et Romy derrière. Les trois ailiers maîtrisent parfaitement le ballon : ils dribblent, le conservent trois ou quatre secondes et le passent au voisin.

Mais au détour d'un couloir, ils se retrouvent face à… un groupe de zombies ! Ils sont énormes, ils sont blanchâtres. Des plaques de peau pendouillent de leurs corps et ils montrent des gencives sanguinolentes. Immobiles, ils regardent les jeunes en grognant sourdement.

Lauryn a la balle en main. Elle la jette de toutes ses forces sur l'un des géants en putréfaction…

… qui éclate comme un ballon de baudruche, en éclaboussant les murs dans un bruit de flaque de boue. Fatou récupère la balle au rebond et shoote à son tour. Même résultat. Il reste une dizaine de monstres qui approchent à pas pesants – ils ne sont plus qu'à quelques mètres.

Chacun y va de son tir, et les zombies pètent les uns après les autres. Plus que trois et c'est gagné…

Théo en dégomme un. Mais en tirant, il trébuche et s'aperçoit qu'il y a une trappe au sol. Il l'ouvre aussi discrètement qu'il le peut et se faufile. *Mec, t'as peut-être trouvé la sortie,* se dit-il.

Une échelle de bois et, en bas, une pauvre ampoule qui se balance en couinant, donnant une maigre lumière. Théo descend. Il n'en mène pas large. Ça sent le moisi. Arrivé au sol, il se fige tout à coup : au fait, pourquoi cette pièce est-elle éclairée alors qu'elle semble abandonnée ? Il y a des masses de poussière, des tonnes de toiles d'araignées… et cette odeur ! Du moisi, mais aussi comme de la charogne. De la charogne moisie.

Théo frissonne.

CHKLONG, CHKLONG, CHKLONG

Des pas. Sur sa droite, il distingue une ouverture qu'il n'avait pas remarquée. Et là, dans l'embrasure, une silhouette. Une silhouette gigantesque et glauque. Un personnage qui lui est familier, à lui, le dévoreur de comics : l'incroyable Hulk !...

La créature approche lentement et il se met à trembler. De plus en plus fort. Il ne contrôle plus rien, sent ses jambes se dérober sous lui. L'incroyable Hulk est là, à trente centimètres de lui !! Ronflant, grognant, les yeux rouges et l'haleine fétide, il se penche sur Théo... Ses globes oculaires roulent et ses lourdes lèvres frémissent, de la bave coule aux commissures. Sa voix incroyablement grave et rauque tonne dans l'air :

– Toi, l'enfant. Toi l'enfant affûté et colérique.

Théo lève les yeux centimètre par centimètre, raide et crispé.

– Toi, petit homme, tu seras le Sacrifié. Tu es petit, tu es sec, tu es plein de vie. Tu es puissant dans l'action et tu ne comptes pas tes efforts. C'est de cette énergie qu'ils ont besoin. Réussis à me vaincre et tu pourras libérer tes amis. Et si tu ne me bats pas, je t'écrase.

Brusquement, Théo est saisi à la taille par deux mains abjectes. Soulevé à deux mètres de haut. L'haleine ignoble de la chose lui sature les narines. Ça pue la chair morte !

Il est prisonnier de ces bras musculeux, et dans un flash, il se voit comme un tout petit enfant… et bizarrement, pendant ce bref instant, il se sent presque bien, comme rassuré. Comme dans les bras d'un papa bienveillant.

La créature reprend la parole, mais cette fois avec de la douceur dans la voix. On dirait presque une berceuse :

– Tu ne t'en sortiras pas, mon petit. Tu es trop, trop faible pour moi. Tu ne t'en sortiras pas.

Il penche la tête sur le côté, et dans ses yeux, il y a comme un reflet de tendresse.

Et juste après, une étreinte formidable ; Théo en a le souffle coupé ! Il sent distinctement chacune de ses vertèbres, ça craque de partout ! Le géant ne semble même pas produire le moindre effort.

Et puis, ça s'arrête, aussi brusquement que ça a démarré.

– Tu sais, petit, je n'ai pas eu d'enfant. Si j'en avais eu un, je crois que j'aurais bien aimé qu'il soit comme toi : vif, malin, courageux. Mais bon, je n'en ai pas eu, c'est ainsi.

Son bras droit lâche son torse ; et de sa lourde main, le monstre se met à lui caresser les cheveux, comme pour le recoiffer. D'abord, Théo est abasourdi ; ensuite, il est envahi par la rage. *Mais pour qui il me prend, ce truc ? Pour une poupée ?!*

Au prix d'un effort surhumain, il réussit à libérer son bras gauche. Et, plein de fureur, il frappe et frappe le visage démesuré. Le nez, les yeux, les pommettes : il se déchaîne. Mais ça ne sert à rien. L'autre est totalement insensible aux coups, il sourit béatement et continue de lui caresser la tête.

Soudain, l'étreinte revient comme la foudre ! Théo est pris dans un étau ! Impossible de respirer, c'est comme si ses os se brisaient les uns après les autres !

– Allons mon garçon, il faut rester sage. Je t'ai dit que tu ne t'en sortirais pas, alors reste tranquille et attends patiemment la mort.

Les paroles sont glaciales. Théo est d'abord tétanisé, puis il redouble de coups…

Non. Stop. Il doit maîtriser sa colère. Il s'arrête, il tente de se détendre… et… de réfléchir. Ce machin est tellement puissant ! Une masse de muscles !!! Mais justement, on ne peut pas vaincre une telle force par la force. En fait, à la réflexion, il a l'air un peu stupide. C'est peut-être là que se trouve la solution.

Alors, fixant le Hulk des ténèbres qui le tient suspendu au-dessus du sol, Théo se met à sourire gentiment et lui dit d'une voix très claire :

– Mon papa… tu me fais mal. Je sais que tu es costaud, tu es même le plus costaud des papas – c'est ce que je dis toujours à mes copains, à l'école. Tu es aussi le plus gentil des papas, le plus doux. Alors, s'il te plaît, dépose-moi par terre.

Les yeux de Hulk se sont agrandis ; d'un air attendri, il pousse un faible gémissement involontaire. Et puis il se baisse et rend la liberté à Théo. Et là, dans la seconde, le handballeur se découvre des talents de footballeur : il décoche au monstre un énorme coup de pied entre les jambes. Bon, d'accord, c'est pas très fair-play, mais il y a des moments où… on n'a pas le choix !

Alors, pendant que le machin se tortille en couinant, Théo détale et rejoint le couloir. À peine sorti, il entre en collision avec Gabriel. Tous les deux par terre, à moitié sonnés. Ils s'aident à se relever.

– Dis donc, tu pues, toi. Qu'est-ce qui t'est arrivé ?

– Laisse tomber, répond Gabriel. Je te raconterai plus tard. Je crois qu'on est pressés, là.

Ils filent.

– XXIV –

Les bébés maléfiques

Lauryn et Fatou devant ; Olivia, Max et Romy derrière. La fatigue se fait sentir, les courses sont de plus en plus laborieuses et les passes de plus en plus imprécises.

Soudain, Max trébuche, déstabilisant Romy qui hurle de douleur. Avec peine, le courageux quintet reprend sa route. Ils se redressent, repartent.

Au fond d'un couloir en cul-de-sac, une double porte immense. Le petit groupe s'arrête. C'est sûr : c'est là ! Épuisés, Olivia et Max déposent précautionneusement Romy. Elle se tient sur une jambe, s'agrippant aux épaules de ses camarades.

Un moment de silence devant la porte. Stupeur et effarement. C'est là, ça ne peut être que là… le lieu du sacrifice ! L'Élu et le Sacrifié. La fin sanglante de l'affreuse aventure.

Ils ont le ventre noué comme pas possible. Ils ne sont plus que cinq – deux ont disparu et le dernier se trouve certainement derrière la porte. Dans quel état ? Que lui ont-ils fait ? Pauvre Angus…

Et puis, peu à peu, ils reprennent leurs esprits. Ils s'efforcent de retrouver un minimum de lucidité. Ils observent tout autour d'eux.

Lauryn :

– Regardez le mur à gauche !

Fatou :

– Il y a une brèche…

Lauryn :

– Comme si on avait retiré des pierres…

– Vous croyez que c'est fait exprès ? demande Fatou.

– Je sais pas mais on y va, tranche Lauryn. Vous trois, vous nous attendez là. Soit c'est un piège…

– … soit c'est un moyen de s'évader ! reprend Fatou.

– On y va, on regarde et on revient…

– … le plus rapidement possible, pour vous dire.

– *Veni, vidi, vici,* soupire pensivement Romy.

– Hein ????

– Laissez tomber, c'est du Astérix. On est arrivés là sans le vouloir, on a vu ce qui se passe ; maintenant, il faudra vaincre ce mauvais sort…

Les deux filles s'engouffrent. Assez menues pour passer, pas de problème.

De l'autre côté, c'est… un autre monde. Le sol est constitué d'une espèce de puzzle en matériau mou et multicolore. Les murs aux couleurs pétantes – orange, bleu et rose ! – sont agrémentés de guirlandes d'ampoules et décorés de dessins d'arbres, de bonshommes et de maisons, ou encore de taches de couleur, au feutre ou à la gouache.

Les filles s'approchent : ce sont des dessins de tout petits enfants ! À cet instant, elles s'aperçoivent que l'odeur douceâtre et sucrée qui flotte dans la pièce fait ressurgir en elles des souvenirs profondément enfouis… L'odeur de la crèche ! Comment peuvent-elles se retrouver dans une *crèche* au fin fond de ce sinistre château ? !

Après l'ambiance glauque des jours passés entre ces murs sordides, ça devrait les soulager. C'est un environnement joyeux, léger. Elles devraient se sentir détendues ; pourtant, leur sang est figé. Glacé.

– Qu'est-ce qu'on fout là ?

Elles ont comme l'impression d'avoir franchi une faille dans l'espace-temps. Retour à l'orphelinat, quand elles étaient toutes petites… Non, c'est pas ça, impossible.

Il y a vraiment quelque chose qui cloche.

De drôles de bruits leur parviennent alors, comme surgis de nulle part : de petits chuintements, des babillements aigus et guillerets. Un, puis deux, puis dix, puis des centaines… La pièce bruisse de centaines de couinements de petits enfants ! Pendant quelques secondes, les filles trouvent ça étonnant, plutôt rigolo ; mais très vite, ça devient insupportable.

Le brouhaha est de plus en plus fort, de plus en plus intense. Ça emplit l'espace, ça bourdonne, comme une matière caustique qui dépouillerait les nerfs pour les mettre à vif…

Les deux copines se bouchent les oreilles :

– ASSEZ !!!

Et ça s'arrête d'un coup.

Silence. Silence de mort. Elles enlèvent leurs mains de leurs oreilles.

Le silence dure encore quelques secondes, et puis…

… de nouveaux bruits :

CHLOMP!

CHLOMP!

CHLOMP!

Et à chaque ***CHLOMP!*** – elles n'en croient pas leurs yeux –, un bébé apparaît.

Tout mignon, tout rose, tout doux ; certains avancent à quatre pattes et d'autres vacillent sur leurs petites jambes, les bras tendus vers elles. Elles qui n'ont jamais reçu la douceur des baisers de parents aimants, elles qui n'ont jamais vécu les câlins et les mamours, les voilà bouleversées devant ce spectacle trop craquant ! D'ailleurs, quand les bébés convergent tous vers elles, ça leur fait un drôle d'effet : comme par magie, elles passent de l'effroi à l'attendrissement. Elles se mettent même à franchement rigoler en adressant de gentilles grimaces aux poupons.

Fatou s'agenouille, Lauryn s'accroupit. Un bébé s'approche de chacune et vient se lover dans leurs bras. Bisous dans le cou et mignonne odeur de bambin… elles fondent ! Deux autres suivent. L'un se colle contre la jambe de Fatou ; l'autre se cale sous l'aisselle de Lauryn. Maintenant, elles sentent des caresses dans leur dos. Pas seulement les papouilles de quelques-uns, mais de quantité de mains et de bouches. Elles lèvent la tête…

… et s'aperçoivent qu'elles sont encerclées par *une horde* de petits corps. La pièce en est pleine ! Et tous se ressemblent comme deux gouttes d'eau !! Ils ont la peau pâle, les cheveux blonds et bouclés. Et leurs yeux !!! Des yeux immenses, des yeux bleu acier…

Des yeux fixes, braqués sur elles.

Elles ne parviennent pas à détacher leur regard de ces innombrables paires d'yeux. Un silence total s'est à nouveau installé, comme si cette foule compacte d'êtres minuscules flottait à quelques centimètres au-dessus du sol. Les filles sont littéralement envoûtées par cette vague bleue irréelle et implacable…

Hypnotisées.

Pendant ce temps, les bébés grimpent progressivement sur elles. Les voilà envahies, oppressées, étouffées. Des mains saisissent leur gorge, leurs cheveux ; des bouches suçotent leur cou, leur nuque. Ça s'accélère, ça s'amplifie… ça enfle !! Seule la tête des filles émerge encore de cette immense masse rose, baveuse, palpitante – et parfaitement silencieuse.

– Lauryn…

– Oui, Fatou ?

Les deux voix sont vacillantes, à peine audibles.

– Si on ne trouve pas de solution… on va y passer…

– Oui… englouties par une montagne de sales petits morveux pleins d'amour… On fait quoi, là ? On se laisse aller ou on se débat ?

– Lauryn ?

– Oui, Fatou…

– Tu avais déjà imaginé… une mort pareille ?… Même dans tes pires cauchemars ? On doit… résister à toute cette douceur ! Faire un effort terrible. L'Effort de notre vie. On doit le faire ensemble, unies, comme d'habitude.

– Lauryn… tourne la tête *et regarde-moi !!!*

Fatou a hurlé de toutes ses forces.

Au tour de Lauryn, à pleins poumons :

– Je te regarde, Fatou… Toi aussi, *regarde-moi !!!*

Les deux amies se regardent intensément, *de toutes leurs forces*. Elles se fixent l'une l'autre en essayant d'oublier ce qui se passe autour d'elles : l'appel des bébés, la tentation de sombrer dans cet océan de tendresse. Leurs lèvres sont crispées, leurs visages tremblent imperceptiblement. Des gouttes de sueur perlent sur les fronts.

Et puis Lauryn serre les poings :

– 1 – 2 – 3 – Debout !!!

Elles ont crié en même temps, bandé leurs muscles en même temps, se sont levées en même temps, provoquant une dégringolade de marmots paniqués.

– Maintenant, on y va !

Elles en ont qui sont restés accrochés aux mollets, aux chevilles. Elles avancent avec peine, se dirigent vers la sortie en traînant les pieds et en repoussant les bras qui se tendent vers elles.

Se débarrassant enfin des derniers bébés maléfiques, elles s'engouffrent dans la brèche.

Ouf… c'était un truc de ouf !!!

Les trois autres attendent assis contre un mur. Olivia et Max se lèvent d'un bond ; Romy leur adresse seulement un signe de tête serein.

Encore hagarde, Lauryn fait quelques pas vers ses amis :

– Nous voilà…

Fatou s'avance à son tour :

– … face à notre destin.

– XXV –

Derrière la porte

Gabriel et Théo courent côte à côte. Le couloir fait des coudes, mais il n'y a pas de bifurcations. En chemin, ils croisent des chauves-souris écrasées, des salamandres écrabouillées, des sangsues épinglées aux murs : apparemment, les autres ont triomphé de toutes les cibles.

Ils entendent des voix familières, tournent à angle droit. À dix mètres, le reste de l'équipe est là, au complet, devant une double porte. **YES !!!**

Ils approchent, mais leurs sentiments sont partagés : heureux de retrouver leurs potes, mais terrifiés, car on dirait bien que l'issue est proche. Théo se crispe en songeant que dans peu de temps, il va sans doute mourir, puisqu'il est le Sacrifié. Gabriel avance comme on va à l'abattoir, et pense à ses amis, là, devant lui, qu'il ne verra plus – puisqu'il est le Sacrifié.

– Ouf! Vous voilà!

– On a eu peur pour vous...

Fatou s'approche de Gabriel et se pince le nez:

– Dis donc, tu pues, toi. Qu'est-ce qui t'est arrivé?

– Laisse tomber...

Max s'adresse aux nouveaux venus:

– Apparemment, c'est là que ça va se produire. On est à peu près sûrs d'être devant la porte maudite.

Un silence solennel et angoissé s'installe. Romy a passé ses bras autour des épaules de ses deux copines, qui la soutiennent. Tout le monde attend...

... puis Max et Olivia avancent. Ils posent la main sur la poignée. Immobiles, le souffle court, ils se regardent droit dans les yeux. Ils essaient de distinguer un son derrière l'énorme porte.

Une grande inspiration, et ils ouvrent.

– XXVI –

Le glaive et le sang

La salle est immense. C'est une gigantesque bibliothèque entièrement tapissée de livres antiques reliés de cuir. Pas un bruit.

Une rangée de chaises est disposée en arc de cercle ; dessus, les vieux sont assis. Et au centre, la Dame en blanc sur un fauteuil. Elle se lève :

– Ah, vous voilà. Et vous êtes parfaitement dans les temps. Si j'en avais eu besoin, j'y verrais la preuve que vous êtes un groupe d'exception. Une aubaine pour nous. Présentez-vous devant moi.

Ils avancent. À quelques mètres en face de la Dame, il y a un autel de pierre brute. Un peu plus loin derrière, surélevée de quelques marches, une table recouverte d'une nappe de velours pourpre, et un somptueux trône. La Dame reprend la parole :

– Sur ce trône s'installera l'Élu – le bourreau, si vous préférez, puisque telle sera sa mission. Le Sacrifié, lui, s'allongera sur l'autel. L'Élu accomplira sa tâche et le miracle se produira. À présent, alignez-vous devant moi pour l'instant tant attendu.

Ils s'alignent. Pour tout dire, ils ne sont pas au mieux. C'est le moment qu'ils redoutaient tous, la conclusion de l'aventure, inévitable. Dans quelques minutes, il y en aura un sur l'autel, et les autres assisteront impuissants à cet acte horrible. Ensuite, ils seront libres… mais brisés.

La vieille folle savoure l'instant. Elle les toise, se tait, un petit sourire méchant aux lèvres. Ça dure une éternité.

Et puis :

– Les épreuves conçues par Angus le Grand ont naturellement désigné l'heureux Sacrifié, le plus valeureux d'entre vous. Ou plutôt, devrais-je dire la plus valeureuse… car il s'agit d'une fille…

Les yeux des kids se tournent vers Olivia qui se tient droite, foudroyée par ce qu'elle vient d'entendre.

La Dame se tait à nouveau, et c'est intenable. Et puis, gravement, presque tendrement, en détachant ses syllabes avec soin, elle dit :

– Angus, toi l'Élu, toi le maître des épreuves, accorde-nous l'honneur de ta présence !

Derrière le trône, un rideau s'ouvre et la petite silhouette malingre apparaît. Vêtu d'une lourde cape rouge, le jeune garçon tient un énorme glaive à deux mains. Sans peine, il soulève devant lui cette arme d'un poids considérable, la dresse à la verticale et approche la lame de son front. Lentement, il progresse jusqu'à la table, sans paraître remarquer ses amis. Il s'assoit. Il est très pâle, de ses orbites creusées jaillissent les flammes noires d'un regard fiévreux – impitoyable.

Les vieux se sont levés. Ils se tiennent au garde-à-vous. Angus, qui a posé le glaive à plat sur la table, se recueille un long moment, caressant son tranchant. Puis il observe l'assemblée de vieillards, et, d'un geste, les fait s'asseoir à leur tour.

La Dame reprend la parole, extatique :

– Angus, toi l'Élu, toi le maître des épreuves, fais-nous la grâce de nous donner ton verdict !

Alors le jeune garçon tend le doigt en direction de l'équipe ; et, d'une voix caverneuse et ferme, il annonce :

– Le Sacrifié est bien une Sacrifiée. Et il s'agit de… Romy !

Son doigt se dirige plus précisément vers la petite brunette à bouclettes.

En frottant ses mains noueuses, et avec son sale sourire, la Dame ajoute :

– Je l'avoue, j'ai un peu brouillé les cartes. En évoquant le plus « valeureux » d'entre vous, je voulais parler du plus pur, du plus… innocent. Car le pur qui réussit à traverser ces épreuves est un humain de grande valeur. Or, si vous êtes tous forts et courageux, Romy est indéniablement votre âme. Tout en restant dans l'ombre, sans faire de vagues, c'est elle qui donne une unité au groupe, elle qui vous soutient individuellement d'un mot ou d'un geste. Elle ne cherche jamais à se faire valoir ou à prendre la tête de l'équipe. Elle est là, parmi vous, et c'est tout. L'arme de Romy, c'est la présence, la parole. Une présence discrète, effacée ; une parole rare et efficace. Depuis le début de l'aventure, Romy, j'ai pensé que cela serait probablement toi : tu t'es préoccupée d'Angus dès son départ, et tu n'as jamais prononcé le moindre mot à son encontre. Ensuite, durant les épreuves, tu n'as eu de cesse d'avoir un geste ou un mot pour qui en avait besoin. Tu semblais être la moins préparée ; pourtant, même diminuée, tu as tenu bon et tu ne t'es jamais démontée. Alors oui, Romy, tu as reçu le privilège d'être l'héroïne de ce sacrifice... Approche, mon enfant.

Soutenue par ses deux amies qui pleurent sans bruit, Romy se soumet en flageolant. Elle est livide. Les yeux fixés sur le visage de la Dame Blanche, elle s'arrête à deux mètres d'elle.

– Tourne-toi vers le trône, jeune fille.

Elle le fait... Elle obéit à son destin.

– Vous aussi, les autres, tournez-vous.

Ils le font. Dévastés.

La Dame Blanche se lève. Délicatement, elle place ses mains sous les aisselles de Romy et l'entraîne vers l'autel.

– Monte et allonge-toi sur le dos.

Romy s'exécute.

– Étends-toi bien à plat, les bras le long du corps.

Romy s'exécute. Tout comme Angus, elle paraît absente. Comme si la vie la quittait déjà. Face à elle, les membres de l'équipe – *son* équipe, puisqu'elle en était le cœur battant – gardent les yeux braqués sur elle, incapables du moindre mouvement. Ils pleurent.

Olivia, effondrée, a enfoui son visage contre l'épaule de Max.

– Voilà, c'est bien, ne bouge plus. Attends que ton destin s'accomplisse ; grâce à toi, des vies seront sauvées. Le coup de glaive d'Angus le Sanguinaire ébranlera un court instant l'harmonie astrale ; ainsi, ton sang, dans toute sa pureté, remplira de l'énergie mystique du bien et du mal. Alors, lorsque nous nous abreuverons de ce sang versé dans le calice sacré, la force essentielle de l'univers pénétrera nos corps, et nous serons régénérés !

La Dame Blanche caresse le front, puis les cheveux de Romy. Et soudain, sa voix tonne, vibrante :

– Avance, notre héros ! Avance et accomplis ton œuvre !!!

Alors Angus descend les quatre marches. Arrivé devant l'autel, il s'immobilise. En face de lui, Romy est inerte. Déjà à moitié morte. Elle aimerait bouger, faire quelque chose, mais elle n'y parvient pas. Terrorisée.

Angus brandit le glaive au-dessus de sa tête.

– XXVII –

L'Hymne

Assistant immobiles au spectacle, Max, Olivia, Gabriel, Fatou, Théo et Lauryn ne parviennent pas à se résoudre à l'impuissance. Devant eux, un des membres de l'équipe est en train de se transformer en criminel halluciné tandis que l'autre se retrouve dans la peau de sa victime innocente !

Faire quelque chose. Tous n'ont que cette idée en tête, ils sont tous totalement concentrés sur cet objectif… et tous se sentent progressivement réinvestis par *l'esprit d'équipe*. Et sans que personne ne fasse le moindre signe, ne prononce le moindre mot, ils se serrent les uns contre les autres et se prennent par l'épaule.

Et, d'une voix basse, rauque, ils entonnent leur hymne. L'hymne qu'ils ont composé une nuit dans un dortoir, à la lumière de leurs portables. Leur hymne d'orphelins, qui les a accompagnés toute leur existence et les accompagnera pour le reste de leurs jours… s'ils parviennent à survivre.

Ce n'est pas un chant de désespoir, c'est *le chant du dernier espoir.*

« Abandonnés, mais unis dans la solidarité,
Nous sommes l'équipe des handballeurs inséparables.
Orphelins lâchés au beau milieu du monde,
Nous avons appris l'entraide et l'amitié.
Soudés dans l'adversité ! »

Au prix d'un ultime et phénoménal effort, Romy parvient à tourner la tête vers Angus. Et son regard croise celui de son ami, celui pour lequel elle éprouve tant de tendresse… et qui la menace de son glaive. Oui, son regard trouve celui d'Angus et le fixe et le fouille.

Et le regard de Romy *aimante* le regard d'Angus.

Et l'image de Romy *se grave* dans le cerveau du jeune garçon, à travers la muraille de drogues dont il est saturé.

Et Romy se met à murmurer l'hymne à son tour, sans quitter Angus des yeux :

« *Abandonnés mais unis dans la solidarité...* »

Et le miracle se produit. Comme durant ces matchs où Angus, prostré, se réveille soudain à la réalité. Ces matchs où il suffit d'une simple action pour qu'il accomplisse l'exploit.

À présent, Angus sourit. Son visage est serein, mais déterminé ; la pointe du glaive repose sur le sol.

Affolée, la vieille accourt. Elle contourne l'autel et fond sur Angus. Se colle contre lui, tout contre lui. À quelques millimètres de son oreille, elle murmure :

– Mon enfant, du courage. Fais-le, et tu deviendras divin. Fais-le, et tu seras mon fils. TRANCHE ET TUE !!!

Ces derniers mots ont résonné dans toute la pièce.

Angus sourit toujours. Il se tourne vers la femme, prend deux pas de recul et...

... le sabre s'envole dans les airs...

... et la tête de la vieille s'envole à son tour, dans une giclée de sang comme une corolle vénéneuse.

Angus respire fort ; il reste figé, le glaive sanglant au bout du bras.

Profitant de l'effarement général, Olivia attrape le ballon et se poste devant les vieux. Le reste de l'équipe a compris, et se répartit sur toute la largeur de la rangée de chaises.

Elle envoie la balle à Max. Il la fait rouler comme au bowling dans les pattes des vieux schnocks. L'un d'entre eux s'en saisit, mais il n'est pas assez rapide pour le renvoyer vers les jeunes. Et, pendant que les araignées envahissent ses mains, tous les autres s'éparpillent comme ils le peuvent dans des cris et des borborygmes !

De son côté, Angus remue la tête, se frotte le visage pour sortir de sa torpeur. Puis il se précipite vers l'autel. Il enjambe le cadavre de la Dame Blanche et aide Romy à se relever. Il la saisit par la taille ; malgré la gravité du moment, Romy ne peut refréner un bref frisson de plaisir.

– On y va ! crie-t-il aux autres.

– XXVIII –

Enfin !

De retour dans le couloir.

– Bon maintenant, on détale et on trouve la sortie ! lance Olivia.

– Facile à dire, répond Théo.

Angus a déposé Romy, qui le tient par l'épaule avec un léger sourire. Un peu en retrait, Max se gratte la tête.

– J'ai beau réfléchir, dit-il, je ne vois qu'une solution…

Au loin, on entend des échos.

– Les chiens ! s'exclame Fatou. Ta solution, vite !!!

– … COURIR!!!

Théo se précipite pour donner un coup de main à Angus. Chacun d'un côté de Romy, les mains en assise et c'est parti. Course folle à travers les couloirs. Ils foncent, à l'aveuglette. Les aboiements sont presque imperceptibles, mais les kids comprennent qu'ils se rapprochent. Le groupe de tête laisse passer Angus, Théo et Romy devant. Ils ralentissent ; chacun leur tour, ils courent en marche arrière. Si les chiens vont plus vite qu'eux, autant se préparer à les affronter. C'est Romy qui dirige la fuite :

– À gauche ! À droite ! Continuez tout droit ! Non, on n'y est pas !!!

Demi-tours, piétinements, essoufflements, épuisement, frustration et peur, l'équipe commence à fatiguer.

– Des meurtrières droit devant ! On voit le jour, c'est l'extérieur !

Tous se précipitent et suivent les couloirs à meurtrières. Derrière, les aboiements se précisent. On commence à entendre les griffes des chiens qui dérapent sur le sol. C'est d'abord imperceptible, puis de plus en plus clair. Ils accélèrent l'allure, mais ils sont à bout, physiquement et mentalement. À deux doigts de craquer.

Angus et Théo ne fonctionnent plus qu'avec les nerfs ; leur cerveau s'est arrêté, plus de carburant. Assise sur leurs mains croisées, Romy grimace : à elle, il ne reste plus que la douleur. Mais elle tient bon et encourage l'équipe, comme d'habitude, avec ses mots à elle :

– Les filles, les gars, vous êtes au top ! Je suis heureuse d'avoir atterri dans cet orphelinat juste parce que je vous ai rencontrés… À nous tous, on fait la team !

À l'arrière, ce n'est pas brillant. Ça court tant que ça peut, mais l'épuisement guette. Romy insiste :

– Courage ! Bientôt nous serons dehors et bientôt, nous rentrerons à la maison ! Cette histoire ne sera plus qu'un mauvais souvenir ; et quand on sera vieux, on la racontera à nos petits en… REGARDEZ !!!

Un pont-levis. Majestueux, immense, impressionnant, indestructible… et fermé. Ils s'arrêtent. Pas de serrure, pas de poulie, rien. Mais les chiens arrivent ! On entend leurs aboiements de plus en plus distinctement, presque leur souffle !!!

Olivia passe devant tout le monde.

– Les amis, il va falloir être rapides et calmes. On ne peut plus faire demi-tour, alors on se concentre. Pensez aux vestiaires juste avant un match.

Malgré les grognements furieux qui s'approchent à vitesse grand V, tous s'immobilisent et ferment les yeux. Les respirations se calment et les esprits s'apaisent. De loin, on dirait un groupe de moines un peu déglingués.

Gabriel poursuit :

– Il y a forcément un moyen d'ouvrir ce truc. Rappelez-vous, on est dans un château. Alors allons-y, on cherche le mécanisme secret.

Angus et Théo déposent Romy. Tous se mettent à pousser chaque pierre, à tripoter chaque anfractuosité, à palper chaque centimètre carré du sol.

Ça dure… Les molosses ne sont plus qu'à quelques dizaines de mètres !

Mais alors qu'on les voit débouler dans le dernier couloir, **BLAM !** l'immense panneau de bois massif s'abat d'un coup et tombe de l'autre côté du fossé dans un bruit d'enfer, laissant entrer un torrent de lumière. Ça y est !

Les chiens, aveuglés par l'éclat intense du soleil, stoppent net, se tortillent et virevoltent sur eux-mêmes. Et en une fraction de seconde, ils se pulvérisent en petits nuages de fumée.

Les kids se regardent, stupéfaits. Que s'est-il passé ? Comment cette porte s'est-elle ouverte ? C'est alors que tous tournent la tête vers Romy qui leur fait un petit sourire. En essayant de se lever pour aider ses amis, elle s'est appuyée sur le mur et a actionné la pierre qui commande l'ouverture.

Alors, d'un pas tranquille, les jeunes franchissent le pont. Ils sont sortis de l'enfer, ils n'en croient pas leurs yeux.

Dehors, il fait un temps magnifique. Ils prennent une grande goulée d'air en regardant le ciel. Il ne leur reste plus qu'à rentrer à la maison.

Tous dehors, tous trop forts !!!

Remerciements

Je pourrais remercier de nombreuses personnes, proches, très proches ou moins proches, qui le furent et ne le sont plus, qui ne le sont pas encore et le deviendront… mais je m'en tiendrai à l'essentiel.

J'adresse mes remerciements à Lucien, mon fils à moi, qui m'a donné l'idée de la Dame Blanche et grâce à qui j'ai pu faire mieux connaissance avec cette belle discipline qu'est le handball. Lucien, surtout, dont l'existence est un bonheur quotidien.

Je tiens aussi à remercier chaleureusement mon éditeur magique, Tibo, pour son accompagnement, sa bienveillance, sa patience et son enthousiasme.

PÉPIX NOIR

NILS & ZÉNA

Épisode 1 : L'homme au cigare

Sylvie Deshors – Illustré par Apolline Delporte

Un soir, Nils et Zéna découvrent, caché dans un sous-sol, un stock de vêtements «Benzine», marque très prisée par les jeunes... Ça sent la contrebande. L'enquête démarre !

14 x 21 cm - 144 pages - 10,90 €
ISBN : 978-2-84865-959-6

PÉPIX NOIR

NILS & ZÉNA

Épisode 2 : Le Manoir

Sylvie Deshors – Illustré par Apolline Delporte

Quand un incendie se déclare dans le quartier, Nils et Zéna accourent sur les lieux. Ils découvrent que Blaise, le SDF de la cité, est accusé sans la moindre preuve...

14 x 21 cm - 160 pages - 10,90 €
ISBN : 978-2-84865-960-2

PÉPIX NOIR

NILS & ZÉNA

Épisode 3 : Le Commandeur

Sylvie Deshors – Illustré par Apolline Delporte

Ce matin, c'est Nils qui emmène Pou, son petit frère mutique, à l'école maternelle. Mais quelques heures plus tard, la maîtresse lance l'alerte : Pou a disparu !

14 x 21 cm - 192 pages - 10,90 €
ISBN : 978-2-84865-961-9

PÉPIX NOIR

11-14 ans

ACTION
MYSTÈRE
FRISSON

LES AÉRIENS

Un tourbillonnant thriller fantastique

PÉPIX NOIR

LES AÉRIENS

Marie-Catherine Daniel – Illustré par Timothée Leman

Dure rentrée de 5e, pour Alexandre : ses amis l'ont abandonné, et Théo et sa bande le harcèlent chaque jour.
Heureusement, il y a Sarah, la nouvelle au collège. Dès son arrivée, elle l'aide à échapper aux brutes qui le poursuivent avec leurs scooters !
C'est justement en se réfugiant chez elle qu'ils rencontrent un être étrange : Courantd'Air, un AÉRIEN. Un nuage de particules vivant...

14 x 21 cm - 240 pages - 10,90 €
ISBN : 978-2-37731-004-3

Directeur de publication : Frédéric Lavabre
Collection dirigée par Tibo Bérard
Assistante d'édition : Julia Robert-Thevenot
Maquette : Claudine Devey

Loi n° 49-956 du 16 juillet 1949
sur les publications destinées à la jeunesse.

Achevé d'imprimer en avril 2018
sur les presses de l'imprimerie Grafica Veneta S.p.A.
N° d'édition : 0005
Dépôt légal : 1er semestre 2018
ISBN : 978-2-37731-102-6
ISSN : 2555-2066

Imprimé en Italie